上京十年

益田ミリ

幻冬舎文庫

上京十年

益田ミリ

もくじ

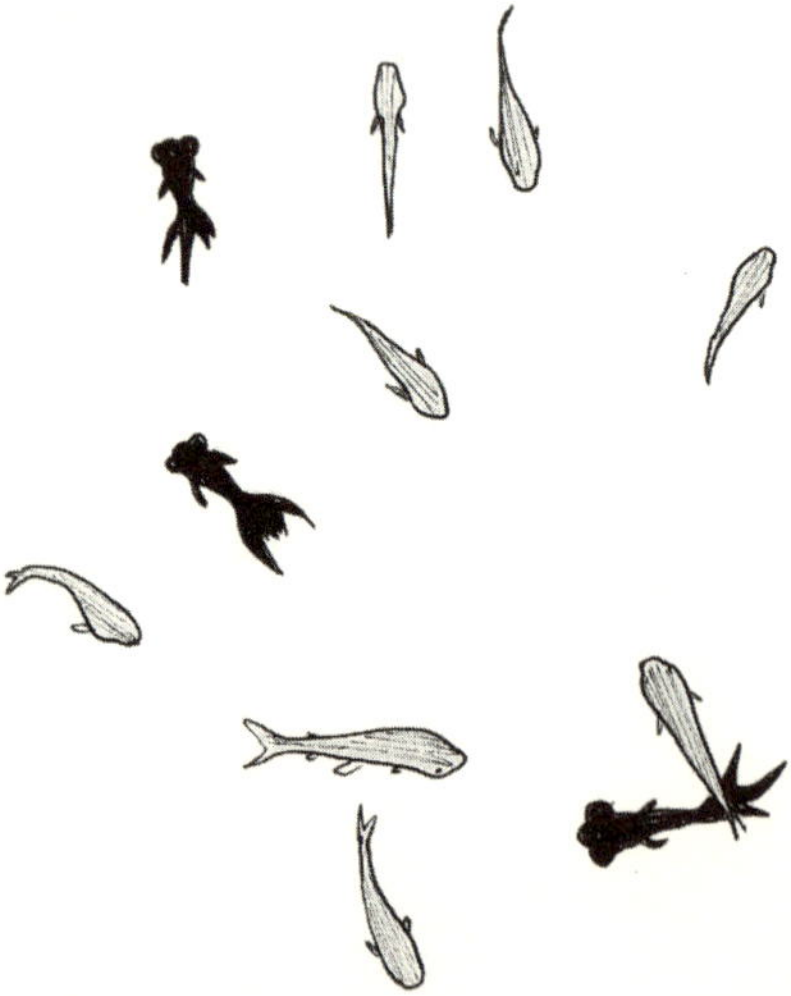

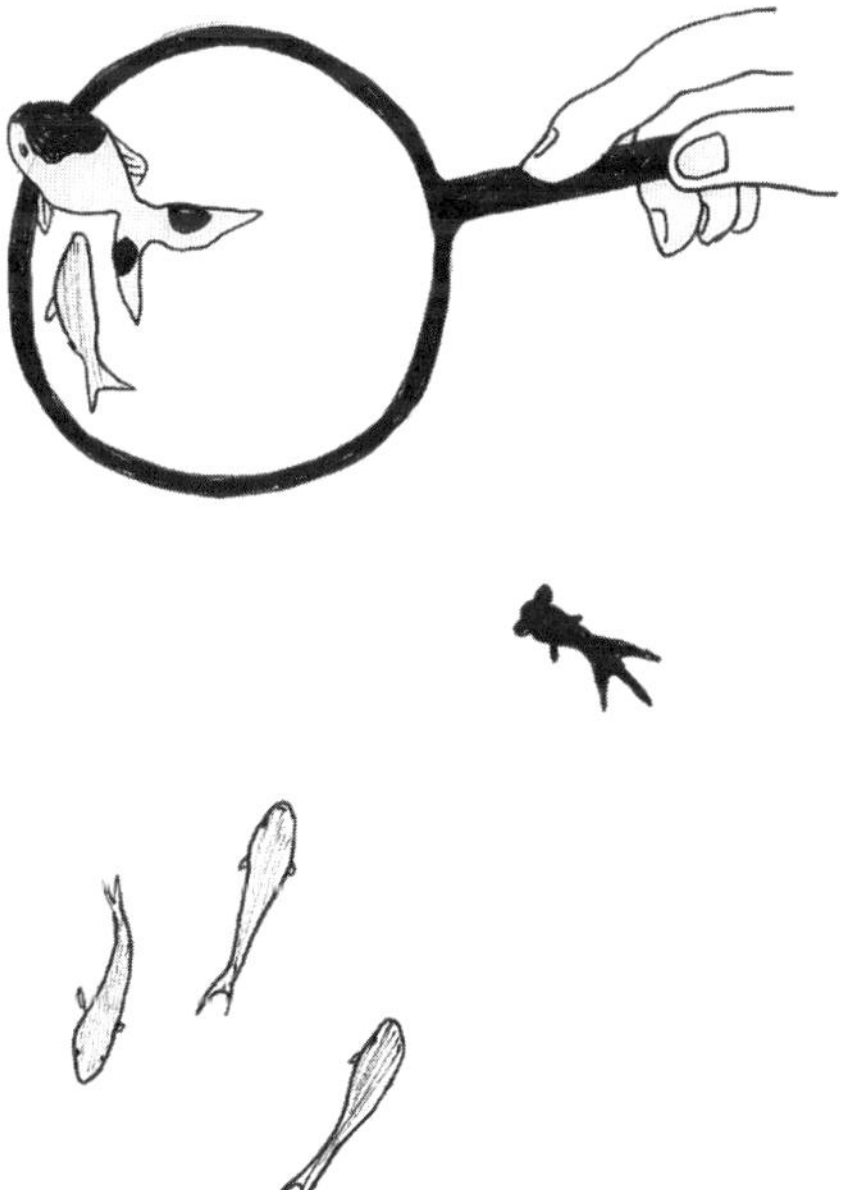

大都会、東京

大阪から上京したのは今から10年前の26歳のとき。東京でイラストレーターになろうと思ったのだ。ツテもない。あるのは会社からもらったわずかな退職金。それでも自分の貯金と合わせれば、引っ越し代を支払った後でも200万円ほど持っていた。

「当面はこのお金だけが頼りだから、できるだけ節約して生活しなければ」

もともとは小心者で心配性のわたし。普通に考えるとそういうながれになるはずである。しかし、その時なぜかこう思ったのだ。

「貯金を使い切るまではのんびり暮らそう」

そして恐ろしいことに本当に実行してしまったのである。起きて、散歩して、疲れたらマッサージに行き、食べたいものを食べ、夜になったら眠る。そんな生活を上京後、半年間もつづけたのだ……。その後、当たり前だけど貯金が乏しくなってきたので、バイトをしながら出版社に売り込みに行き、なんとなく作った川柳から仕事が来て、今はこうしてエッセイを書いている。

それにしても、何にもしなかったあの半年間ってなんだったんだろう？　ときどきふと思い出し、可笑《おか》しくてたまらなくなる。あれは、東京という大都会に打ちのめされないために力を貯えていた、わたしの大事なお休みだったようにも思えるのである。

譲り合いのブーケ

花嫁が投げたブーケを受け取った人は、次に花嫁になる。そんなロマンチックな話を信じて、はしゃぎながら女の子たちがブーケを奪い合う。わたしはこの光景を何度も見てきたし、実際ブーケをもらったことも何度かある。だけど最近はこれが非常につらい。

昨年、短大時代の友人の結婚式に出席したときのこと。

「それではこれから花嫁がブーケを投げますので、未婚の女性は前に出てください」

司会者のセリフにわたしはイヤな予感がした。花嫁はわたしと同じだから当時35歳。未婚の女友達など少数なんじゃ……。案の定、誰も前に出てこない。

焦《あせ》る司会者は、

「遠慮せずに前へどうぞ！」

などと催促していたが、遠慮じゃなくて、みな目立つのが嫌で逃げているのである。それなのに一緒に出席していた結婚済みの友人らは、観葉植物の陰に身を隠しているわたしを発見し、

「ブーケもらっといでよ！」

などと、大衆の前に押し出すのである。同じようにもうひとり女性が引っ張り出されており、80人という招待客の中央に、わたしと彼女、ふたりっきり。

「どっちも負けるなー」

そんな声援はやめてほしいのである。ここは結婚式場でリングじゃないんですし。花嫁が後ろ向きで放り投げたブーケを前に、わたしと彼女は恥ずかしさで足が動かず、ブーケはぽとりと地面に落ちてしまった。「あーあ」という声が会場に響き、彼女が

一歩前に出てブーケを拾ってくれたので、なんとか無事に終了したのである。

昔は奪い合った花嫁のブーケも、35歳になれば譲り合い。というか、わたし、結婚してもしなくてもどっちでもいいんだよな〜。そんなことはブーケ投げの瞬間に、もちろん誰も聞いてはくれないのである。

ピアノを習う

ピアノが弾けたら楽しいだろうなぁ。

ピアノを弾いたことがないから素直にそう思うわたし。小学校の2年生の時に、母にねだってピアノを習わせてもらったことがあるのだが、そこの先生は、

「鍵盤に触る前に、まず音符を書く練習からね」

という指導方針だった。来る日も来る日もノートに音符書き。それがつまらなくて、わたしはほとんどピアノに触れることなくやめてしまったのだ。習いたいという芽を摘む不思議なピアノ教室だった。

というわけで、その後ピアノには近づかなかった。

ところが先日、家の近所で「大人のためのピアノ教室」というはり紙を見て、突然習ってみる気になった。善は急げ。早速、無料の体験レッスンを申し込んでみた。先生は40歳くらいの女性で、ハキハキとした感じの良い人である。30分のレッスンを受けたのだが、今度はすぐにピアノに触らせてもらえてとっても楽しい。これならつづけられるかも。嬉しくなってその場で申し込みをしたわたしだった。

しかし、その翌日のことである。玄関のチャイムが鳴り、ドアを開けると見知らぬ女性。手にはカタログを持っている。なんとピアノを売りに来たのだ。まだ体験レッスンしただけなのにこのスピード。情報力に脱帽である。というか、60万円とか書いてあるピアノの写真がちらっと見えたので脱帽してる場合じゃない。「買う気はないんで」と帰ってもらったが、なんだか暗ーい気持ちになる。

ピアノって楽しそうだな。

そんなわたしの素直な思いに、またしても邪魔が……。やっぱり習うのやめようか。気弱になるが、家からも近いし取りあえずやってみることに決めた。ちょっぴり心配な習い事の始まりである。

将来の夢はいつまで聞かれるの

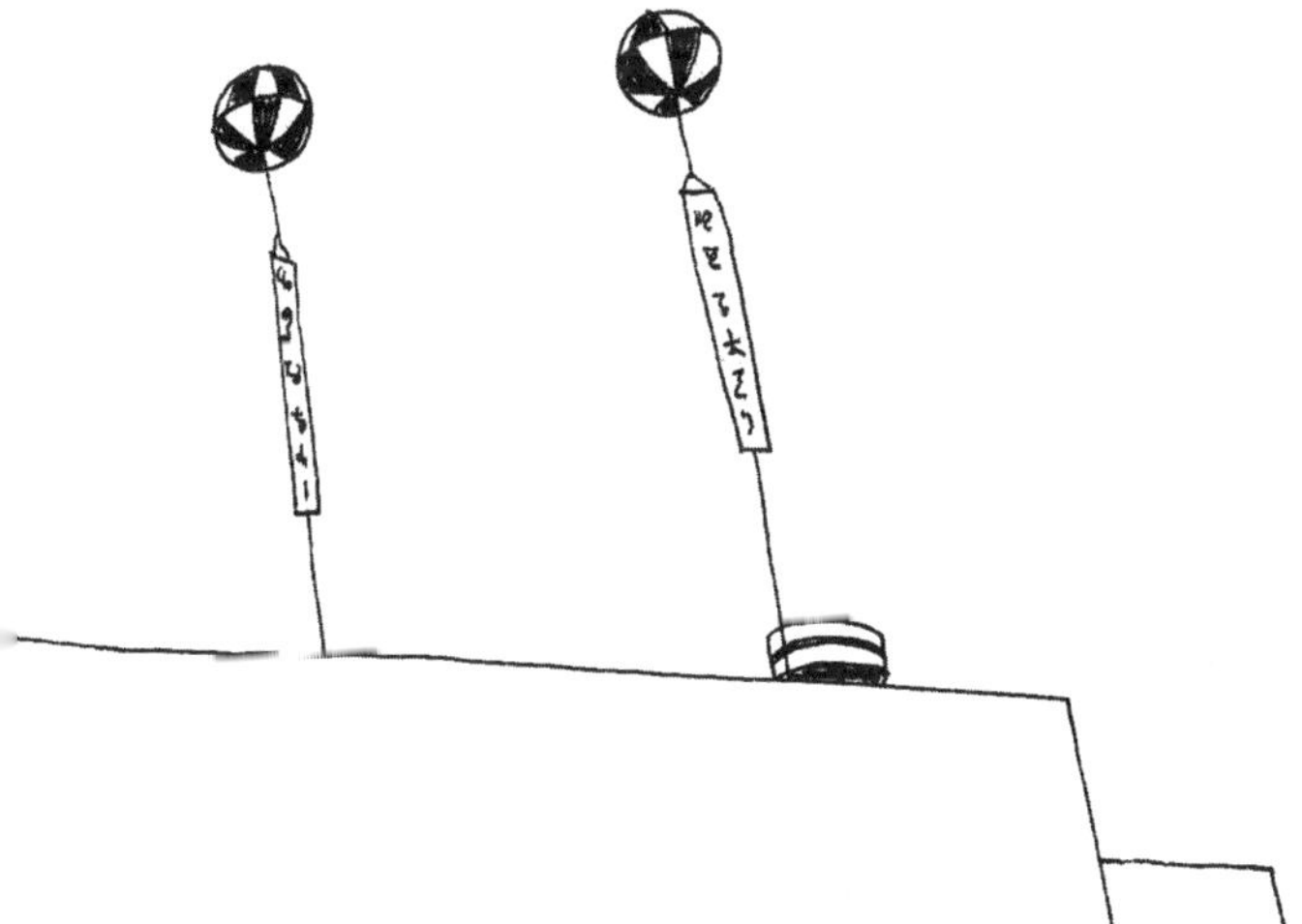

セレブの会

寿司とかフレンチとか天ぷらとか中華とか。

世の中の食べ物屋さんには、各分野において一流で有名で高級なお店があるようだ。しかしわたしには行く機会がちっともない。お金持ちの家に生まれなかったという事実はあるものの、わたしはもう大人で、働いているんだから、別にそういうお店に行っても誰にもなにも言われないわけである。

なのに足を踏み入れたことがない。いったい何故《なぜ》？

それは連れて行ってくれる人がいなかったから。

わたしは長いことそう思ってきたのだけれど、はたと考えた。じゃあ自分で行けばいいんでないの？　わたしには縁のない世界だと決めつける必要など、どこにもないのである。

というわけで、わたしの意見に賛同してくれたひとりの女友達と「セレブの会」なるものを結成した。どういうもんかというと、一流で有名なお店の予約を取り、きちんとした洋服を着てふたりで食べに行くだけのこと。金銭的な問題もあるので年に4回くらい。厳選して店を決め、ふたりして出かけていこうというものだ。

記念すべき第1回は、高級スペイン料理に行ってきた。エピソードは次回にするとして、お会計はふたりで5万円。いまだかつて一度の食事で支払ったことのない金額だったけど、とにかく楽しかった。食事をしてきたというより、旅行にでも行ってきたような新しい世界がそこにはあったのである。ちなみに今度のセレブの会は和食にしようと今、盛り上がっている。

しかし、ここにひとつ難問が……。一流で有名な店に行くことなどないと思っていたから、どこがそういう店なのかよくわからないのだ。店を決めるだけでも一苦労。そんな頼りないセレブの会なのであった。

贅沢な社会見学

有名で一流と呼ばれている店で食事をしたい。待っていても誰も連れて行ってくれなかったので、こうなったら自腹で行こうじゃない。

というわけで、女友達とふたりで結成したセレブの会のことは前回書いた。1回目は高級スペイン料理。スペインの女性シェフによる繊細な料理が話題で「行ってきたよ」と言うと、女の子たちからは「すごーい」と歓声があがるような店である。

さて、食事会当日。予約した時間に店に行くと、スーツでビシッと決めた男性が席まで案内してくれた。2センチほどの段差に「お気をつけください」と言われ恐縮する。席につくと風呂場の椅子ほどの小さな台が運ばれてきて、そこにバッグを置くように言われる。へぇ〜。いちいち感心してしまうわたしたち。食前酒を尋ねられ、よくわからないので「ノンアルコールで、柑橘系のさっぱりした、でもレモンみたいに酸っぱくないやつ」と言ってみたところ、柚子《ゆず》のカクテルが運ばれてきた。コース料理は一種類だけで、フォアグラ、カキ、イベリコ豚などの凝った料理がゆっくりと時間をかけて出てくる。どれも少しずつなので「懐石料理みたい」とお店の人に言うと、今はそんな流れになっているとのこと。シェフの味をいろいろ楽しんでもらおうと、フレンチなどでもちょこちょこ出てくる店が増えているんだとか。そうか、そういう流れになっているのか。昔と比較できないのが残念だが、これから先は比較できるもんね、などと天狗《てんぐ》になるわたしたち。意外に、他のお客さんたちは会社帰りの気軽な雰囲気で、ドレスアップしてきたわたしたちはいかにも初心者という感じがした。一食2万5000円。とっても贅沢な社会見学だった。

仙人の忠告

どうもカラダが冷える。特につま先がいつも冷たい。腰のまわりやお尻も冷たい。これはあまりカラダに良いことではないのではないか？　思い立って漢方薬を試すことにする。ずっと漢方薬を飲んでいるという友達に教えてもらい、漢方専門の病院に行ってみた。

　先生は初老の男性で、なんとなく仙人のような雰囲気である。下半身が冷えることと、ついでに花粉がつらいことを告げると「ベッドに横になってください」と言われ、胃とか下腹、太ももの付け根を先生が手で押すのだけれど、その痛いこと痛いこと。

「水毒ですね。水分の取りすぎからくる冷えですよ」

　へ〜、水毒かぁ。自分の症状に名前がついていて少しホッとする。わたしのカラダは必要以上に水分を補給しているらしく、もっと一日の水分を減らすようにと注意された。さらに生活面での注意事項が書かれた紙を渡され、そこには「食事中は30回は嚙《か》んで飲み込むこと」の他に、「果物、甘い物、冷たい物を控えること」と書いてあるではないか。30回嚙むのはいいとして、甘党のわたしに甘い物を控えることなどできるかなぁ。と思っていたら、先生は「控える」の文字を赤いボールペンで消し、その上に「禁止」と書き足した。

「控えるって書いても、あなた控えないでしょ？」

　ああ、バレている。先生、本当に仙人かも……。でも、できるだろうか、そんなこと。これも自分のカラダのためだ。取りあえず処方された漢方薬を飲みつつ、生活面も注意してみよう。そして1カ月試して調子が良かったら、少しずつ甘い物も食べていいことにするぞ、などとすでに自分を甘やかし始めているわたしなのであった。

髪フサフサ計画

わたしが、今、通っている美容室は渋谷にあるヤングな店である。もう何年も前からずっとそこで切っているので、わたし自身はなんの違和感もないんだけど、店からすればわたしはそろそろ違和感があるのではないか？　と不安になってきている。わたしの髪を担当してくれている女の子も、店ではいつの間にかベテランになっているし、最近、結婚もしてすっかり大人になっていた。

どうしよう。ここにまだ通っていていいんだろうか。

もっとオバサンぽい店にチェンジする時期に差し掛かっているのではあるまいか。

わたしは髪が多いので、いつも美容室では「軽くして」とお願いしていた。しかし、どうも近ごろは、いつもどおり髪を軽くしてもらうと、ペシャンとなって貧相になってしまう。

「あのさ、わたしの髪って、痩《や》せてきてない？」

担当の女の子にそれとなーく確認してみる。

「ぜんぜん大丈夫ですよ～」

と笑ってくれるのを期待していたが、

「いやぁ～、わたしもなんですよ～」

などと年下のくせに同意してくるではないか！

というわけで、わたしは「髪フサフサ計画」なるものを依頼することにした。髪を軽くするのではなく、重く見せるヘアスタイル。段を入れたり、透いたりすることをやめて、ふわっとボリュームのある感じに変更するのだ。

「益田さん、任せてください！　今ついている段を少しずつ取って、1年後にはフサフサにしてみせますから」

力強く約束してくれたので、当分はこの若者美容室に通おうと決めたわたしなのだった。

足りないものばかりが
見えてしまうんだ

上京十年　川柳

ジングルベルの宿題

宿題のある日々が新鮮である。

最近通いはじめたピアノ教室で、毎回、先生から宿題が出るのだ。テキストに、

「じゃ、次はここからだから宿題ね」

と赤えんぴつで印をつけられ、ちゃんと練習をしていかないと30分しかないレッスンが全然すすまないのだ。台所のテーブルに、９８００円で買った小さなキーボードを置き、時間があったら練習しているが、いざ先生の前で弾こうとすると緊張してうまくいかない。

「家でやってきたんですけど」

などと先生にアピールしたところで、できていないのだからまるでいいわけのよう。生徒であるわたしはもう大人だし、先生も別に怒らないのだけれど、やっぱり「先生」という人には誉《ほ》めてもらいたいと思う。だから、家に帰るとまたまた真面目に宿

題に取り組むわたし。もうすぐ春だというのに、練習曲の「ジングルベル」を繰り返し弾き続けているわたしのことを、なにも知らないご近所の方々はなんと思っていることでしょう……。人格にかかわることなので、できるだけ音がもれぬよう配慮している。

それにしても、習うって楽しい。子供の頃は「そろばん」も「剣道」も自分から習いたいと言ってせがんだにもかかわらず、どれも身になる前に途中で放り投げている。だけど今は、こうしてウキウキしながら習い事に通っているのはどうしてだろう。自腹だからか？　もう少し上手になってきたら発表会もあるらしいので、ぜひ友達をよんで無理矢理わたしのピアノを聴かせることにしよう。先日会った友達にこの話をすると、

「はいはいはい、行きますよ」

と適当な返事をされた。飽きっぽいわたしの性格を知っているからだと思うけど、ピアノはがんばってみせますとも。

新入り

カラダによさそうで、しかも激しくない運動はないものか？

運動不足のわたしは考えた。昔、友達に誘われて行ったエアロビクスで倒れそうになったため、できればのんびり系のものでいきたい。そして思いついたのが太極拳である。ヨガもいいんだけど、「拳」とついているのがカッコいい気がしてこちらに決めた。

カルチャースクールのパンフレットを見ると、ちょうど太極拳コースがあったので申し込みをし、今、週に一度、平日の昼間に太極拳を習っている。一クラス10人くらいで、生徒さんは40〜60歳の女性が中心だ。ずっと継続されているクラスに入るわけだから、いわばわたしは新入り。個人レッスンと違い、グループの習い事は人間関係というもんにも気を使わねば楽しめない。新人なので、できるだけ謙虚に参加しているわたしである。

「この感じ、なにかに似ているな、なんだっけ？」

ふと古い記憶がよみがえってくる。

そうだ、新しいバイト先や、職場に入ったときのあの感じではないか。自分ひとりだけ内部の事情がよくわからない。どの人がベテランで、どの人が親切なのか。休憩中はどこにいればいいのか、持ち物はこれでいいのか。環境に馴《な》れようと必死で目を見開いている最初の頃。わたしはこういうプレッシャーに強いほうだけど、やはり早く馴れて気楽になりたいと焦る気持ちはある。老後はカルチャー教室での「のんびり」習い事でもしたい。そんな声もたまに聞くけれど、人の集まるところには「のんびり」だけでない「ドキドキ」もある。きっと何歳になっても、静かな老人ホームに入ったとしても、新しい人間関係には、気持ちが張り詰めてしまうものなんだろう。

のんびりタイム

家事をあれこれやっているとき時間はあっという間に過ぎてゆく。洗濯、トイレ掃除、台所の洗い物、部屋のかたづけ。わたしはひとり暮らしだから、それぞれの量は少ないはずなのに、やりはじめれば結構時間がかかる。これを家族分やっている人は、もっと時間がかかるんだろうなぁ。しかも、わたしは自宅勤務だから時間のやりくりができるけど外にお勤めの人は、一体、いつ、ゆっくり休むんだろうとドキドキしてしまう。人はともかく、わたしは一日の中にのんびりできる時間がないと考えただけで、息が詰まってしまいそうだ。

わたしは、のんびりするために多少の努力もしている。例えば、友達の誘いを断ることだって必要だと考える。

「今日は夕方からひとりでケーキを食べに行って、その後スーパーをブラブラして、マッサージに行ってから家でのんびりしよう。そしていろいろ考え事をしよう」

そう決めて、頑張って家事や仕事をした日は、急に、

「今日あいてる？」

などと夕方に友達から電話がかかってきてもぐっとガマンだ。ちょっと風邪気味で……、と仮病を使うのも、すべて自分の「のんびり」のためだ、仕方ない。

わたしはまだまだ努力をせねばならぬ身である。そう思って走り続けてはいるのだ

けれど、でも「のんびりタイム」も犠牲にはしたくない。忙しいまま一日を終えると、反対に、心が焦って仕方がないのだ。自分の一日なのに、自分のことを考える時間がないなんて嫌だもの。などと言っているわたしの未来は大丈夫なのでしょうか……。

乙女の時間

芝居や歌舞伎に友達とたまに出かけるのだけれど、観劇後にみんなで夜ご飯を食べるのもまた楽しみのひとつである。

先日は藤山直美と沢田研二の「夫婦善哉」というお芝居を見たあと、女子6人でお寿司を食べに行った。

「ミリちゃん知ってる？　24時間営業のお寿司屋さんがいっぱいあるんだよ」

連れられて築地に行ったところ、ファミレスのような派手な造りの大きなお寿司屋さんがたくさんあった。アイドルの曲が流れるキラキラした店内で食べるお寿司は、安くて結構おいしかった。というか、ぺちゃくちゃおしゃべりして、大笑いしながらの食事は、おいしさも割り増しになっているはずである。

さて、女がこれだけ集まると、話題は自然に「美容」がテーマになってくる。この夜もハーブのエステとか、皮膚科が発売している化粧品とか、漢方薬の新しい専門店とか、韓国の美容整形などの話で盛り上がった。そして最もみんなが食いついたテーマは、レーザーによる顔のシミ取りだ。

あれってどうなんだろうねぇ？　いくらくらい？　あそこは結構いいらしいよ、あら、そうなの？

などと寿司を頬張《ほおば》りながらの市場調査。店員が来ようが、隣の席に聞こえようがちっとも気にしないわたしたちだけど、決して乙女心を忘れたわけではない。「レーザーシミ取り」が、わたしたちの乙女心をくすぐりまくっているのである。

きれいになりたいねぇ。みんなでうなずき合いながら、最後にデザートを注文。かぼちゃアイスやらリンゴのコンポートを口に入れながら思い出したように今日の芝居の話をして、寿司屋を後にするわたしたち。もちろんお会計はきっちりと割り勘である。世の男の人たちにはわからぬ、大人の乙女たちの楽しい自由時間なのであった。

ふと誰かに知らせたくなる誕生日

泣きました

お母さんについての本を出版したのだが、その本を読んだという読者の方から「泣きました」という感想が出版社のほうに届いているそうだ。それもひとつふたつではなく結構な数らしい。わたしは首をひねる。

泣くってどういうこと？

ちなみにこの本は、わたしの母親のことを書いたマンガ付きのエッセイなのだが、内容といえば他愛のないことばかり。例えば、ネコの絵の洋服が好きだとか、植木鉢に百円ショップで買った人形を飾るとか、カラオケが大好きとか、好物の海老フライで食あたりしたとか。こうやって書くとますます泣く理由がわからないが、お便りによればおかしくて泣くのではなく、切なくなって泣くそうなのだ。中には「途中から涙がとまりませんでした」などと純愛小説なみの熱いメッセージが届いている。そして最後にこう書かれてあるものが多い。わたしも自分のお母さんと話がしたくなりました。そうですか、お役に立ててよかったです。よくわからぬまま嬉しくなるものの、謎は深まるばかりだ。

わたしは自分の本について、いつも他人事《ひとごと》のような気がしてならない。電車の中で読んでくれている人を見かけたことはないし、書店で買っている人に会ったこともない。本当に誰かに読んでもらえているのかな？　などと、なんとなく半信半疑なのだ。

余談だが、わたしが本を出版すると、いつも母から、

「サインして30冊ほど送って」

と電話がある。母はそれを近所の人に配る……のではなく、ちゃっかり売り歩いている。どうやら近所の人だけは確実にわたしの本を買って読んでくれているようだけど、ご迷惑になっていないかとっても心配なのである。

スネ毛の処理

足裏マッサージが大好きでよく利用している。

グリグリ押して痛いやつではなくて、西洋式のソフトなマッサージである。これはオイルやパウダーを使って足の裏などにあるカラダ全体のツボ（反射ゾーン）を指で刺激し、血液やリンパの流れを良くするというもの。マッサージ中は心身ともにリラックスして眠ってしまうくらい気持ちが良く、終わった後も足が軽くなってすっきりする。一度やったらやみつきになってしまったのである。

家の近くに店があるので、いつもはそこに通っているのだが、つい先日、出先でふと見かけた初めての足裏マッサージの店に入ってみた。受付でお金を払い案内されてソファに座る。そして、あせった。なんと、男の人が担当だったのだ。しかも若くて男前だ。

わたしの心臓はドキドキと高鳴った。嬉しくてドキドキしたのではない。

ああ、スネ毛の処理をしていなかった！

今まで女性以外に足裏マッサージをしてもらったことがなかったので油断していたのだ。だって、女同士なら大目に見てくれると思っていたんだもの。

「どこか疲れているところはありませんか？」

マッサージ前に質問されるが、もはやどう答えたか覚えていない。膝下から足の裏まで念入りにマッサージしてくれている美青年に「うわっ、スネ毛」と思われているに違いないと想像するだけで脇の下にはじっとりと汗が……。はげかかったペディキュアや足の指毛のことも気になり出し、リラックスどころかずーっと緊張状態である。恐らくこんなズボラな女を何人も見ているであろう彼に対し、気の毒に思えてならなかった足裏マッサージだったのである。

リラックス旅行

リラックス旅行を定期的にしよう。そうふたりで決めたのは会社員時代の元同僚。初回は石川県の温泉プール付きリゾートホテルに行ったのだが、そこで「リラックス」に味をしめたわたしたちは、再び各自貯金をし、2回目となる今年は熱海にあるリゾートホテルに出かけたのだ。わたしは東京、彼女は実家の大阪からなので、出かけたというより集合という感じ？

リラックス旅行は、観光などせずに館内でぼーっとするのが基本なのだが、エステプランというものを選んだわたしたちには、毎日エステというイベントだけはあった。

エステティシャンにマッサージやパックをしてもらっていると、

「あたし、今、大事にされてるなぁ」

自分の肉体が意味のあるものだと実感できていい気持ちである。9部屋しかない小さなホテルのスタッフたちはみな若く、「最近の若者は……」などとすぐに口にする大人たちに見せてやりたいくらいの素晴らしい接客ぶりだった。

夜は遅くまでお菓子をつまみながらふたりでおしゃべりをする。初めて職場で出会った20歳の頃は、こうして16年後に互いに独身でいるなんて想像もしなかったよねぇと笑いあう。そして、それは卑屈なものではなく晴れた空のように清々《すがすが》しい笑いだ。

36歳のわたしは東京でイラストレーター、彼女は別の会社で新しい仕事。進んだ道は違うが、自分で決めてきたことだから、20歳の時にみていた夢と違っていても笑いあえる。「また明日からしっかり働こう」。熱海駅で古い友達と別れ、再びそれぞれの生活に戻った。二泊三日、リラックスのために払ったお金はひとり6万2000円。楽しかったから惜しくない。またコツコツ貯金すればいいんだもの。

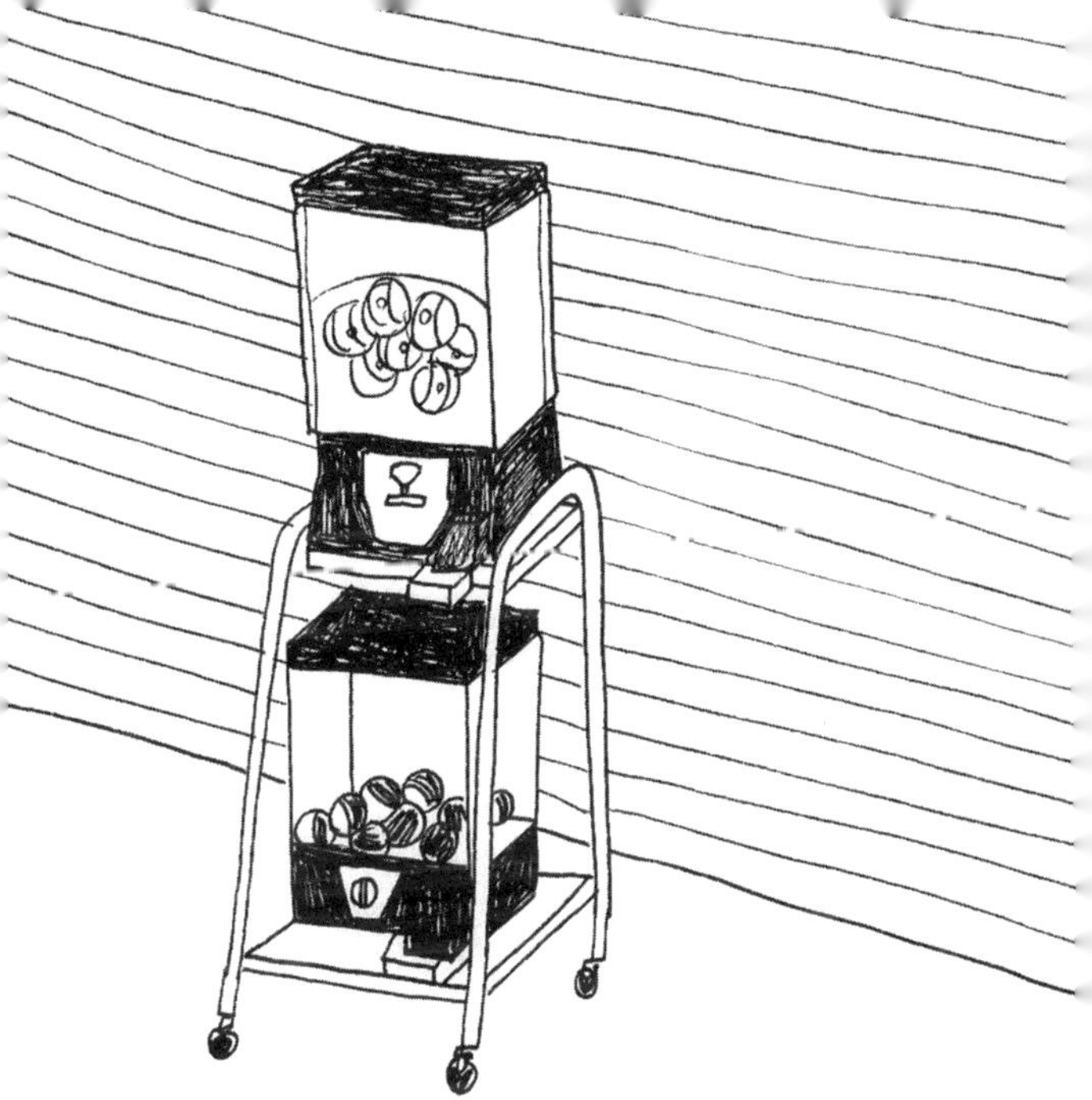

大きくも小さくもなく等身大

落語通

落語好きの友達が多いので、たまに連れて行ってもらっている。先日は若手の落語家さんがたくさん出るという寄席で、5時間も落語を聞いてきた。最初、友達から「午後2時開演、午後7時終演」というメールが届いたときは少しひるんだが、実際はそれほど長く感じなかった。途中に休憩が一度入るからぶっ通しではないし、その時間を利用して一旦、表に出て食事をしたからというのもある。ちなみにこの休憩のことを寄席では仲入りというのだが、

「仲入りのときに、なんか食べに行かない？」

などと口にしている自分がカッコよく思えちゃう。しかし、わたしのような付け焼き刃の落語ファンと違い、昔からの落語ファンというのが必ず会場にはいて、若い落語家さんが、舞台の上で昔の落語家さんたちの物まねなんかをするとちょっぴり大袈裟《おおげさ》にウケている。落語の過去を知らぬわたしは、そんなとき取り残されて淋

しいが、長年落語ファンをしている人たちへのサービスなんだと思うと寛大にもなれる。

若い落語家、といっても舞台にあがっているのはわたしと同じ年頃の30代だけど、いろんな職業がある中から落語家を選んだんだなぁと、毎回寄席に行くとしみじみ見てしまう。師匠の家の掃除とか、買い物とか、よく知らないけど、そういう修業込みの世界に飛び込んでいったんだと思うと、「いつか立派な真打ちになるんだよっ」などと、オカンのような気持ちに……。

しかし実際のところは、わたしはいつまでたっても落語家さんたちの顔と名前が一致せず、落語通には程遠い人間なんですけれど。

そういう日もある

あー、もう、なんか嫌になってきちゃったなぁ。つぶやくつもりもなかったのに、思わず言葉になって出てしまうことがある。別になにが嫌というわけではない。それは「空《むな》しい」という感じに近い気持ちだ。夕飯の買い物帰り、駅の改札を出て歩き出した瞬間、洗濯物を取りこみながら見あげた夜空。なにげない毎日の中で、ふと心が空しくなることって誰にもあるんじゃないかと思う。

だけど人によっては、

「くよくよしてちゃダメだよ」

などと、空しさと「くよくよ」をごちゃ混ぜにして、前向きさが足りないせいにしてしまう。一歩譲って、たとえ「空しさ」と「くよくよ」が同じだとしても、人はくよくよしたっていいのである。くよくよして落ち込んで、あー、もう、なんか嫌になってきちゃったなってつぶやきながら眠る夜があってもいいと思う。

もしもわたしの友達が、

「あー、もう、なんか嫌になってきちゃったなぁ」

と隣で言ったら、わたしは「ある、ある」と首が折れるほどうなずいてやりたい。頑張ったからといって必ず報われるわけでもない毎日を生きているもの同士として、嫌になっちゃったクラブを作りたいくらいだ。だけど空しい気持ちはそれぞれでしか消せないわけで、クラブを作っても結局どうにもならない。「そういう日もあるよね」

と同意するだけ。

でも、ありがたいことに、空しい気持ちは例えば「野菜も食べてる？」という実家の母からのたあいない電話で吹き飛んでいくこともあるので心強い。一冊の本を読んでとか、足裏マッサージに行ってとか、些細《ささい》なことで「なんとかやっていこう」と思えたり。それを繰り返して過ぎていく毎日だけど、でも、でも、空しい気持ちをちゃんと味わえる感覚は持って生きていきたいと思うのである。

イッケン

引っ越しをするので家具などを見てまわっている。予算内であれこれ買い物をするのは、子供の頃の遠足のおやつ選びみたいな楽しさである。そんな中、近所のカーペット屋さんに行ったときのことだ。色やサイズを店のおじさんにくわしく聞いてみようと声をかけた。おじさんは早口でぱーっと喋《しゃべ》ってなんだかよくわからない。

「ここはイッケンなんで、このサイズでいいでしょう」

などと言っている。

「イッケンってどういうサイズなんですか？」

質問すると、おじさんはわたしの持っていた手帳に「一間」という文字を書き込み、バカにしたみたいにこう言ったのだ。

「一間を知らないってことは、中学の時にちゃんと勉強してなかった証拠になりますよ」

わたしは言葉に詰まって黙りこんでしまった。どうしてそんなことを口に出して言うんだろう？　自分のカラダが一瞬で熱くなるのがわかった。涙がうっすらと浮かんでくる。じゃアンタ、中学で習った元素記号を全部言えんのかよ。心の中でつぶやきながらトボトボと店を後にしたわたし。

こういう鈍感な人に、いつもいつもひどく傷ついてしまう。「世の中にはいろんな人がいるよ」と慰められたとしても、どうしても笑えない。心に深く浸透してどんどんどんどん苦しくなるのだ。だけどあのおじさんは、自分の冗談で傷ついた人がいることなど知る由もない。たとえ同じことを言われてもなんとも思わない、頑丈な心の持ち主だからだ。

わたしはそんな頑丈な心など羨《うらや》ましくない。欲しくないと思う。ちゃんと傷ついている自分のほうが、あのおじさんよりうんと好きだ。最後はそう心に言いきかせ、なんとか心を静めているのである。

先生の夢

今年になって習い始めたピアノだが、だんだん曲が難しくなってきた。難しくなってくると宿題をするのも億劫《おっくう》になってきて、レッスンに行ってもなかなか合格が出ない。

「じゃ、この曲、もう一度次回まで練習してきてね」

先生は相変わらず優しいけれど、サボっていることはバレているようだ。こんなことではいけないと思い直し、家に帰って練習するのだが、最初の頃と違って左手の出番が増えて容易ではない。右手と左手が別々のことをするなんて本当に難題である。お手本で弾いてくれる先生の指先を見ていると、いつまでたってもあんなふうには弾けないんじゃないかとどんよりした気持ちになってしまう。

だけど、レッスン中に先生がこんな話をしてくれた。

「今でも音大生の頃の夢をよく見るの。明日テストだから練習しようと思うんだけど指が動かないの。普段どれだけ上手に弾けても本番で一カ所でも失敗したらダメ。だから、テスト前の緊張している夢を見て、うなされて起きることがあるのよ」

若き日の先生が、上手に弾けなくて苦しんでいる姿を思い浮かべる。そうか、こういう人でも大変だったんだから、わたしがすぐにできなくても仕方がない。さらにわたしには試験もないわけだし、もっと肩の力を抜いてつづけていこうではないか。つい早く上手になって難しい曲をなめらかに弾いてみたーい、などと思ってしまう自分を反省する。しかし、近ごろはさらなる難問が待ち受けていた。右手、左手に加えて、右足っつーもんを使うのだ。ピアノのペダルを気にすると指が動かないし、足に集中すると指が静止している。レッスン終了後は、緊張ですっかり汗ばんでいるのだった。

まだ過去より明日に向かっていたいんだ

幸運の銀玉

おすすめする気は別にないが、わたしはパチンコが好きだ。好きといっても、まぁ月に2〜3回ふらっと行くくらいで、使うお金も5000円ほど。

パチンコをしない友達はみな口をそろえてこう言う。

「何が面白いの？」

そう聞かれても答えにくいんだけど、指先がカーッと熱くなる瞬間がいくつかあるので、それを味わうのが好きなのだ。勝てばもちろん楽しい。だけど、負けてもたくさんリーチがきてドキドキしたときはそんなに気分も悪くない。

パチンコをやったことがない方のために簡単に説明するが、まず、大当たりする前にはリーチというもんがくる。このリーチにもいろいろあり、時間が長くて派手なリーチほど、大当たりする確率が高い。そして「高い」だけで大当たりになるとは限らないのがミソなのだ。パチンコ台の電気がぴかぴか光ったり、画面の登場人物がおお

げさなセリフを言ったりして、

「これは絶対にくるぞ！」

と息を弾ませているとハズレ……。思わせぶりな時間が長くて本当に腹が立つのだが、そうかと思えば、派手なリーチじゃないからまったく期待してなかったのに、ポロッと大当たりになって驚くことが稀《まれ》にある。そんな時は、もう飛び上がりそうになってしまう。しかし大当たりで喜びすぎると、負けている人たちの気持ちを逆撫《さかな》でするので平静を装うんだけれど。

がんばってもがんばっても実を結ばないことがあれば、ひょいと幸運をつかむ瞬間もある。パチンコを打ちながら、わたしは自分のことを思う。わたしも、いつかそんなふうにひょいと認められることがあるのかもしれないよね？　パチンコと自分を重ね合わせているのであった。

母のグチ

熱海にするかふたりで迷った結果、万博に行くことにした。相手は母である。わたしの引っ越しの手伝いのために大阪から上京していた母を見送りがてら、名古屋で開催されている愛・地球博へと向かった。なんの予備知識もなくふらっと行ったので、インターネットで予約ができることも知らず人気のパビリオンに2時間も並んだ。だけど、あれこれ話をしていたら思ったほどは疲れなかった。

大阪万博の時、わたしは1歳だった。父と母は、幼いわたしを団地のご近所さんに預けてふたりで出かけたそうだ。短気な父が、月の石を見るために長時間並んだのかと思うとなんだか微笑《ほほえ》ましい気もする。

その父も定年となり、今は母とふたり暮らし。母はそんな生活が少し窮屈らしい。

「ご飯を食べてもそのまんま。洗えとまでは言わんけど、流しくらいは持っていってほしいわ」

引っ越しの手伝いというのは口実で、どうも、定年になったばかりの父との毎日から抜け出すための息抜きで東京に来たようである。旅行中も、実家の近くに嫁いだ妹から、母の携帯に電話があるたびに、

「家のことはせんでいいよ。お父さん、わたしのありがたみがわからんからね」

とクギをさしていたっけ。そして「あーあ、自由になりたいわ」などと大きな溜息をついていた。

しかし、そのわりには、

「お父さん、最近ゴミ出ししてくれるから助かるねん」

などと自慢したり、父へのお土産をどっさり買い込んでいた。万博では母がキッコロとモリゾーの絵の「ういろう」を買っているのも目撃した。「ういろう」は父の好物である。新幹線の名古屋駅で母を見送りつつ、夫婦って面白いなぁと、娘のわたしは静かに思っていたのだった。

どっちが若い？

年齢を聞かれたときは即答するようにしている。

「いくつに見えますか？」

などと言って、他人を困らせてはいけないと思うからだ。

だいたい「いくつに見える？」と聞いてくる人は、自分のことを若く見えると思っているフシがあるので、その気持ちを大切にしようとすると本当に緊張する。ピッタリ当ててもシラけるし、若く言い過ぎてもシラける。瞬時に、ほんのちょっと若い数字を言うのって難しい。「いくつに見える？」と聞く側は、相手に少し若く言われて、その後、本当の自分の年齢を発表し、「えー、ぜんぜん見えませんね！」と驚いてもらいたいのではないか？　と思うので、期待に応えようとすると、ますますわたしは脂汗が出てくるのである。

あと、似たようなので困るのが、ふたりの人がいて「どっちが若いと思う？」という質問。これは主に中年以降の男性がよくする質問なのだが、はっきり言って迷惑です！　こっちを立てればあっちが立たぬ。どうしろっていうのでしょう。先日もこういう場に出くわし、わたしはすっかり困ってしまった。するとそこへ、すばらしい助け船が出されたのである。わたしのそばにいた女性が、質問に質問で切り返した。

「一番最初に買われたレコードってなんですか？」

この質問はなかなか機転がきいている。最初に買ったレコードで年齢を当ててみます、という流れではあるのだが、実際にはそこから音楽の話題へとどんどん膨らんでいき、年齢のことはうやむやになっていったのである。

よし、今度からはこの手でいこう。しかし「いくつに見えますか？」には、どう立ち向かっていけばいいのかは、まだわからないのである。

一番大切なもの

いつか死んでしまうというのに、なにをこんなに抱え込んでいるんだろう？

引っ越しするための荷造りをしながら、わたしは急にばかばかしくなってしまった。3年は着ていない服、20年近く読み返したことのない本、飲まない紅茶、すすけた帽子、サイズのあわない靴、ピンボケの写真、はかないタイツ、キーホルダー、あせたポストカード、過去の携帯電話、気に入らない飾り物、使わないカゴ、多すぎるマグカップ、座っていないイス、ハギレ、似合わないマフラー、入らないジーンズ、仕方なくもらったサイン本。

いつか必要だろうと思いつつ、ちっとも使わないものに囲まれて生きているわたし。捨ててしまおう。きれいなものは近所のボランティアのバザーに寄付しよう。

こうしてたくさんのものを処分したのだが、それでも引っ越しの朝には30箱のダンボールが部屋に積み上げられていた。

ものをたくさん所有するのは、なにか悲しいことのように思えるのはどうしてだろう。何が自分にとって一番大切なのかをわかっていないみたいな不安な気持ちになってくる。

わたしの一番大切なものって？　引っ越し屋のお兄さんが、トラックにダンボールを運ぶのを眺めながら考える。わたしには子供もなく、ペットもいない。趣味で集めているものもない。この部屋の中で一番大切なのは……今、描《か》き下ろしているマンガの原稿かもしれない。

自分の原稿が一番大切と思うと少しほっとした。進んでいる道が、今のところ自分にあっているということだからである。

笑顔、笑顔

電車の中で化粧をする女性について、街中の人にインタビューしているのを偶然テレビで見た。男女ともに怒っている人がいっぱいいた。化粧は家の中で隠れてするものだとか、女としてのたしなみが欠けているとか、化粧自体が恥ずかしいものなのにそれを人前でするのは良くないとか、粉が飛んで迷惑とか、見苦しいとか。だいたいがこんな感じである。わたしは、電車で化粧をすることへの意見より、「化粧」自体のとらえ方の違いにびっくりしてしまった。女らしさって、一体なんなのでしょうか……。

そんな中、ひとりのおばさんだけが、ちょっと違っていた。

「わたし、かわいいと思うの。一生懸命だし、つぎからつぎへと、ほら、手品みたいじゃない?」

というようなコメント。わたしはそのおばさんにクギづけになってしまった。

クギづけになったのは、おばさんの笑顔である。いかにも楽しげでほがらかな笑顔に、ああ、いい笑顔を見たなぁと嬉しい気持ちになったのである。歳《とし》を重ねてきた人の笑顔が良いと、男女問わず美しいなと見とれてしまうものだ。

以前、パン屋さんのバイトの女の子が「笑顔で接客しなさい」とおじさん店長に注意されていたのを目撃したが、わたしはその店長の笑顔を見たことがなかった。いつも忙しそうにブスッとしている店長さん。そんな人に「笑顔、笑顔」と怒られているバイトの女の子が気の毒になり、わたしはパンを手渡してくれたその子に、できるだけ優しい笑顔で「ありがとう」と言った。きっとあの子にはわたしの笑顔は届かなかっただろう。可哀想に、畏縮してレジの前で小さくなっていた彼女。思い出すと、今も少し胸が痛むのである。

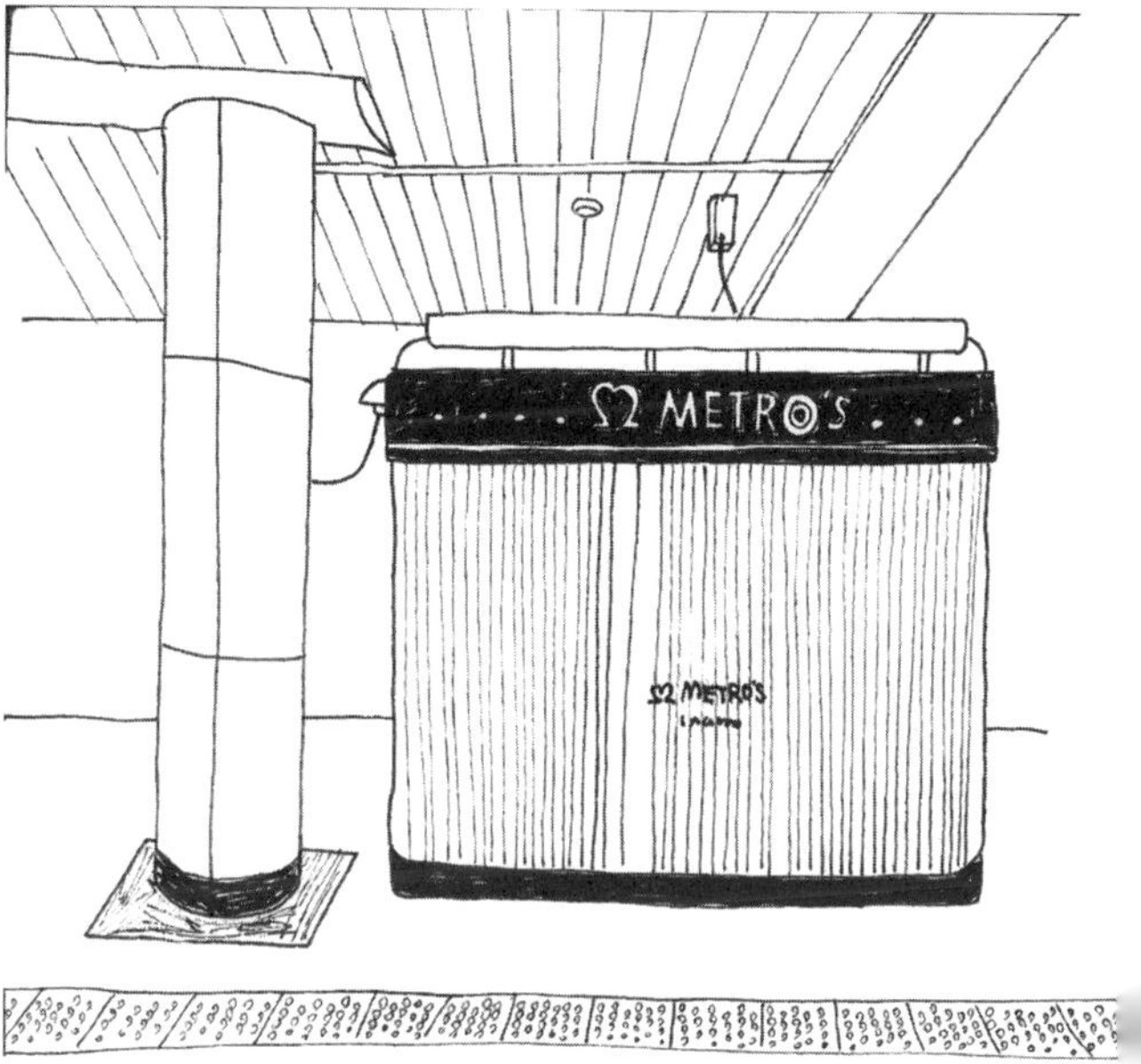

上京十年　川柳

強くなる汚れるわけじゃ
ないと思う

真紅の情熱

習い始めた太極拳。型がなかなか覚えられず奮闘中である。

さて、その太極拳だが、カルチャースクールの中の講座のひとつなので、更衣室の光景が非常に面白い。フラメンコの衣裳に着替えている人の隣で、バレエのレッスンを終え衣裳を脱いでいる人。そこに混じって太極拳チームも着替えている。

平日の昼間ということもあり、生徒さんたちは、わたしのお母さん世代である50代60代が中心。華やかというより「にぎやか」な空間だ。着替えをしながら、夜ご飯の話に華を咲かせているので、いつも、なんとはなしに聞き入ってしまう。

楽しい話題だけではない。病気や介護などのことも耳に入ってくる。特に介護の話などは大変そうで心が重くなることも。だけど、その話し声のほうを振り返って見れば、真っ赤なフラメンコの衣裳のおばさんたち……。

わたしは、そういう時に、惚《ほ》れ惚《ぼ》れしてしまう。日々の生活の中で、いろんな問題を抱えつつ、週に一度、フラメンコを踊ろうという、その強さに惚れ惚れするのだ。

「いい歳してそんな衣裳を着てさ」

などとバカにする人がいたとしたら、つまらない人だなぁと思う。いい歳とか男らしさとか女のくせにとか、なんて窮屈な言葉なんだろう。自分からわざわざ窮屈に生きることもなかろうに。

せめて、わたしはそんなことを言わないようにしたい。そのほうが、楽でいられるし、うんと格好いいと思うからだ。

父のぬくもり

毎年、父から御中元が届く。御中元だけではなく御歳暮も届く。上京して10年たつが、10年間一度も欠かさずに届いているので、この先も父が元気なうちは、きっとわたしのもとに届きつづけることだろう。

父の御中元や御歳暮は、絶対に一品じゃない。かならず三品で、すべて食べ物だ。

今年は「めんたいこ」と「おかきの詰め合わせ」が、今のところ届いているのだが、あと一品「果物」が届くことはわかっている。おそらく「桃」か「さくらんぼ」だ。いろいろあるほうが楽しいだろうという父の考えらしい。母がそう教えてくれた。ちなみに御歳暮に多いのが「すきやきの肉」や「お茶」などだ。

父は電話が嫌いなので、わたしは品物が届いてもお礼の電話はしない。母のケータイに「届きました」とメールするだけだ。そして母がそれを父に告げてすべて終了。まことにあっさりしたものである。

父も母も、団地暮らしのささやかな老後である。定年後、父は月に何度か植木のゴミを捨てるバイトなどをしているのだが、それも数千円のはなし。そのお金をコツコツとためて、年に2回、わたしと嫁いだ妹のもとに御中元と御歳暮を送っているのだ。東京にはいろんなものがあるし、別に父に送ってもらわなくても足りているのだけれど、父は娘のわたしたちに送りたいのだろう。そう思うと、何も言わずに受け取ることが親孝行なのだと思っている。

思春期には父が大嫌いだった。大人になってからも、喧嘩して口をきかなかった時期もあった。だけど今は元気でいてほしい。嫌いなところを好きになることはできないけれど、父なりに愛してくれていることはわかっているつもりである。

諦めない

引っ越しの荷物もようやく片づき、やっと通常の生活になったなと思っていたところで、またまた面倒な出来事である。引き払った部屋の敷金がほとんど返金されないのだ。不動産屋さんに支払ったクリーニング代を計算してみると17万円。預けていた敷金の3割ほどしか戻ってこなかったのである。4年間は、部屋も綺麗に使っていたし、何も壊していないし、わたしはタバコも吸わない。それなのに、こんなに部屋のクリーニング代がかかるものなのだろうか。

さて、どうしたらいいのだろう？

そう考えられるようになっている自分に少し驚く。昔のわたしだったら、きっとすぐに諦《あきら》めていたと思う。仕方がない、わたしが何を言っても手強《てごわ》い人たちにはかなわないとサジを投げていたはずだ。だけど、今ではそんなに簡単に諦める気にならないのだ。

10年前、たったひとりでなんのあてもなく上京して、イラストの仕事を貰うために売り込みし、嫌なことだってたくさんあったし、今だって辛《つら》いことはたくさんある。そんなふうにコツコツ仕事をして貰ったお金を、納得のいかないことで巻き上げられるのはたまらないと思う。それではわたしが気の毒だ。そうだ、何年か前に、原稿料を一銭もくれない出版社があったけど、あの時も経理の責任者に何度も何度も電話をして、全額支払ってもらったではないか。

今度もちゃんと主張してみよう。その金額では納得がいきませんって苦情を言ってみよう。それでもダメだったら、どんな法律がわたしを助けてくれるのかを勉強するのもいいかもしれないなぁ。そう思うとだんだん元気が出てきたわたしなのである。

立つ鳥あとを濁さず

引っ越し後、引き払った部屋の敷金がほとんど返金されなかったので、不動産屋さんに抗議することにした。相手はしゃきしゃきっとした手強そうなおばさんなので、電話だとわたしなんか丸めこまれてしまいそう。ここは電話ではなく、手紙を出すことにした。わたしの書く、へなちょこ文字で抗議しても頼りない。パソコンの硬い文字のほうが効果があるだろう。原稿を書くときのような気持ちで、気合いを入れてパソコンの前に座る。金額に納得がいかないこと、部屋のクリーニング代金の見積書を見たいということを短い文章にし、早速ポストに投函した。なんだか、自分が立派な大人に成長した気分である。

さあ、この後はどうすればいいんだろう。見積書を見せてもらって、そこから不当だと思うところを見つけて。次は？　なにぶん初めてのことなのでわからない。急に立派な大人じゃなくなるわたし……。取りあえず、何人かの知人にメールで聞いてみたところ、一日ですむ少額裁判があるという情報を入手。むむむ、裁判か。なんだか本格的である。状況を考えると、わたしのほうが明らかに有利だし、法の場で戦ってみるのもいいんじゃないか。

などとあれこれ思案していたところ、手紙を読んだ不動産屋さんから電話があり、すぐに追加で10万円を返すとのこと。即解決だ。たった一通の手紙で10万円が戻ってくるのだ。

不動産屋のおばさんは、わたしにこう言った。

「立つ鳥あとを濁さずって言うし、あなたもこれで、もう納得してちょうだいよ」

わたしは濁してない。濁っているのはあなたですよ。思わず言い返しそうになったけどやめた。謝る気はないようだけど、きっと、まだきれいなところもある人なのだろう。とにかく、一生懸命働いて稼いだお金を取り戻せてホッとしたのである。

2万円の重み

ずっと気になっていたモノがあった。

それは素材の旨味《うまみ》を逃がさずに美味しく料理ができるなどと言われているフランス製の鍋だ。料理研究家たちが愛用しているとよく雑誌などに書いてあるので、わたしも使ってみたいと前々から思っていたのである。

しかし、問題は高級品ということである。欲しいと思っている手ごろなサイズで2万3000円ほど。わたしが今使っているのはおそらく3000円もしないので、いっきに2万円アップだ。さらに、持つとずっしり重く、間違って足に落下させたら骨折しそう。果たして、そんなものをわたしが使いこなせるのだろうか……。

そう考えるとずっと手が出なかったのだが、お料理がもっと美味しくなるのなら試してみたいとも思う。

その鍋が近所のスーパーで売っていることは知っていた。スーパーで買い物をしたら、ポイントカードにポイントをためているのだが、たまにポイントが5倍になる日がある。わたしは賭けてみることにした。今日、もし、ポイント5倍の日だったら、あの鍋を買おう！　ドキドキしながらスーパーに行くと、なんとポイント5倍の日。

よし、買うぞ。

鍋を抱えてレジでお金を払った。ムダ遣いしちゃったかなと少し後悔したものの、家に帰って憧れのフランス製の鍋を台所に置いてみると、うちの地味な台所が華やいで見えた。試しに体重計に乗せたら3・4キロもあったので、くれぐれも足に落とさぬよう心に誓う。やっと手に入れた嬉しさから、何度も何度も台所に鍋を見に行くわたし。赤くてかわいいその鍋で、これから何を作ろうかなぁ。鍋ひとつでこんなに幸せな気持ちになっていられる平和に、わたしはもっと感謝すべきなのだろう。

譲れないこと

今年に入って習いはじめたピアノを少し前にやめた。別にピアノが嫌になったわけではないのである。

レッスンの日にうまく弾けない曲があった。先生の説明はよくわかるのだが、頭で理解したからといって指がすぐに動き出すというものではない。焦れば焦るほど緊張して、もっとできなくなっていくわたし。どうしよう……。モタモタしていると、先生がこう言った。

「違う、違う、ほら、もう一回、どうしてできないの?」

わたしはこの瞬間、ピアノ教室をやめようと思ったのである。

どうしてできないの？

学校で、習い事で、塾で。子供の頃、よく大人からそんな言葉をかけられたものだ。言う側は別に怒っているのではなくポロッと出るのだろうが、言われたほうはできない自分を責めてしまう。幸い、うちの親は口にしなかったけれど、わたしは、ずーっとこのセリフがおっかなかった。どうしてできないの？　と大人たちに言われて、子供に一体どんな答えがあるというんだろう。わたしは久しぶりにその言葉を聞いて、なんて無意味なのだと改めて思った。

ピアノの先生は優しかったし好きだったけれど、わたしはもう大人になったので、誰からも「どうしてできないの？」と言われたくないって思う。できないのもまた、わたしなのだ。

ひとつ後悔しているのは、先生に自分の気持ちを伝えずにやめてしまったこと。焦らせないで教えてくださいって言ってみればよかった気もする。子供の頃は大人にそんなことを言えるわけがなかったが、今のわたしは子供じゃないのだ。でも、まぁ、もうやめたんだから仕方がない。新しいピアノ教室が見つかったら、今度は最初に自分の希望を伝えてみようと思う。そこからスタートだ。

停電の夜

何歳の頃だっただろう。

大きな台風がきて停電になったことがあった。幼いわたしと妹は、吹きつける雨や風の音におびえていた。そこで、普段は子供と大人で2部屋に分かれていたが、この夜は家族4人でひとつの部屋で寝ることになった。狭い団地の荷物であふれた部屋。2組しか布団を敷くスペースなどなく、父と母の布団に、4人でつめつめに寝転んだ。両端が父と母で、真ん中がわたしと妹だ。

「台風で家が壊れたりせえへん？」

わたしが聞くと、父も母も大丈夫と笑った。うちの団地は鉄筋だから頑丈なのだと言う。そうか、ここにいれば大丈夫なんだ。鉄筋だし、布団の両端には父と母がいる。小さな部屋に4人でくっついていると、もうなんにも怖くなかった。懐中電灯の明かりで、母が指を使って鳥やキツネの影絵を天井に映してくれ、わたしと妹は大喜びしていた。幼いわたしたちは、その時なんの不安もなく、ただ満ち足りていたのだ。

それからしばらくして小学校の高学年になると、わたしは急に自分の家が団地だということが嫌で嫌でたまらなくなった。庭付きの大きな家に住んでいるクラスの子もいるのに、うちはどうしてお風呂もない団地なんだろうと恥ずかしかった。家から出るときはまわりを見回し、知っている子がいないか確かめたものである。中学、高校、いや20代の半ばくらいまで、とにかく自分の家が恥ずかしくて、人を羨ましがってばかりいたわたし。だけどすっかり大人になった今は、

「ああ、あの家もなかなかいいところもあった」

と振り返ることができる。そして台風の季節になると、いつも大昔の停電の夜の影絵のことを思い出すのである。

聞きたいこと

体質改善できないかと、しばらく漢方薬を飲んでいる。最初、友達に紹介してもら

った先生は、どうも緊張して喋りづらかったので、ためしに通院の曜日を変え、別の先生の日にしてみた。すると、とっても話しやすかったので、その後は同じ先生に診《み》ていただいている。

聞きたいことが聞ける。

これは病院の中でとっても大事なんだなと改めて感じたことだ。忙しい先生に、こんな小さなことを質問していいのだろうか。それまではつい遠慮をしていたが、今の先生にはいろいろ質問もできる。しっかり聞いてもらえると思うと聞く勇気が出てくるのだ。先生は、わたしが遠慮がちに質問を始めると、一度、手元の鉛筆を止め、わたしの顔を見てくれる。その仕草にわたしはホッとする。

カラダが冷えるとか、肌が乾燥するとか、実際に口に出してみればたいした症状ではないのだが、ひとりでいるときは、

「放っておくと、もっと悪くならないかな」

と心細くなる。だけど、先生に話して、先生が一緒に考えてくれるのを見ると、わたしの心はちょっと落ち着いてくるのだ。ずっと食べ物のアレルギーがあると思っていたが、丁寧にその検査もしてもらい、アレルギーがないこともわかった。これから

は夕ケノコも山芋も食べられるぞ。先生の診察の待ち時間は長いのだけれど、今、診察している人も、わたしと同じように先生にいろいろと質問しているんだと思えば苦にならない。あとは、飲んでいる漢方薬がもう少し苦くなければいいのになぁ、と思うのは贅沢なんでしょうね。

昔のクラスメイト

小学校の同窓会が10年ほど前にあったが、あとにも先にもそれ一回きりである。しかも、その時はほとんど人が集まらず、いまひとつ楽しい会にならなかったので、もう、二度と行われることはないだろう。

中学校はツッパリブームだったため校内が荒れていた。先生たちは対策に追われて忙しそうだったので、生徒たちも団結している余裕がなかった。気がついたらバタバタと卒業式で、まず同窓会など考えられない。

高校は比較的、平穏、というか、のほほんとした生徒が多かったので、これまた同

窓会はないと思う。卒業式のあとに担任の先生が、

「同窓会委員やりたいやつおるか？」

とクラスの生徒たちに一応聞いていたが、みんなまったく無反応。仕方がないので、出席番号1番の男子に「じゃ、お前な」などと強引に押し付けていた。ちなみにその子はクラスでもっとも無口で大人しい青年……。どう考えても同窓会委員としてみんなに声をかけるタイプではない。高校の同窓会も、この先、行われることはないだろう。

だけど、わたしはそんな感じでもいいなぁと思うのである。昔のクラスメイトが、どんなふうに暮らしているのか知らなくてもいい。36歳というわたしの年齢が、自分の人生の中でいったいどんな年齢なのかは、もちろん後になってみないとわからない。だけど、わたし自身は、これからわたしの人生はまだまだ始まっていくんだという気がしていて、昔の友達にまで興味がわかないのだ。

もう少し歳をとれば変わるのだろうか？　旧友たちに会いたいと思うのだろうか？それはわからないけれど、今は自分が持っている思い出のままでちょうどいいと思うのである。

あと何回母の料理を食べるだろう

目分量のおふくろの味

本屋さんの料理本コーナーは、最近とっても派手になっているように思う。種類がたくさんあるし、写真もきれいでオシャレだし、料理の本というより、画集を見ているような気持ちになる。本屋さんに行くたびにちょこちょことそんな料理の本を買っては、家でじーっと眺めて楽しんでいるわたしである。

もちろん本を見ながら新しい料理にチャレンジすることもあります！　いろんな調味料を使って凝ったものを作ることもあるし、簡単な酢の物を作ることもある。本のとおりにやればだいたい美味しくできるので、料理本はとっても重宝しているのである。

だけど、ひとつ難点がある。買った料理本が多すぎて、いざ「この前作って美味しかったキャベツの甘酢炒めをまた作ろう」と思っても、一体どの本を見て作ったかがわからないのだ。えーっと、これだったかな？　などと本を探しているだけで時間がすぎ、結局ただの野菜炒めになったりしているのが現状である。

　そういえば、母が料理の本を開きながら作っている姿って見たことがないが、一体どうやって料理を覚えていたのだろう。実家に帰ったときに母に料理を教えてもらおうとしたことがあるが、結局よくわからなかった。「醬油は大さじ何杯？」とわたしが聞いても、「さーっとお鍋一周するくらい」などという答えばかり。一体わたしは「おふくろの味」というのをどうやって覚えればよいのだろう？　わたしの舌には、もうその味はしっかりと染み付いていて、いつか自然に作れるようになるんだろうか？

　そんなことを思いつつ、料理本はどんどん増えていくのだった。

知りたがり屋

　人にアドバイスをするのが好きな人というのがいる。だけど、アドバイスとおせっかいの境目は微妙だ。アドバイスというのは求められてするのはいいが、何の相談もされていないのに勝手にアドバイスするのは迷惑になるのだ、ということを忘れてはいけないと思う。

とはいうものの、肩コリにいい体操とか、簡単お掃除法などという生活面でのアドバイスは、相談なしでもありがたいもの。

そういえば、最近、知り合いに、

「掃除に重曹を使うといいよ」

とアドバイスされて試したら、これがなかなか良かった。ずっと変な匂いが取れなかったミキサーに、水と重曹を入れて回すとかなり匂いが取れた。新しいミキサーに買い替えずにすんで助かった。

とにかく実用的なアドバイスは助かるが、

「結婚は絶対にしたほうがいいわよ〜」

とか、

「子どもはふたり産むべきよ〜」

というような人生アドバイスを、頼まれもしないのにしている人を目撃すると驚いてしまう。ひとりひとりに、たったひとつしか与えられていない貴重な人生だというのに、どうして気軽にアドバイスできるんだろう？　その後の人生に責任を取る気があるのならともかく、なんとなくで言うのはどんなもんかと思う。人の人生に首をつっこむヒマがあるんだったら、重曹で浴槽を磨いているほうがよっぽど有意義だと思ってしまうわたしである。ちなみにわたしが中学生の頃から使っている辞書で「アドバイス」をひいてみたら「私的な助言」とあった。さらに「助言」をひくと「助けになるような事を言ってやること」と書いてあった。助けにならないことはアドバイスではなく、ただのおせっかいなのである。

どんぐり拾い

どんぐりをビニール袋いっぱいに拾ったことがある。

小学校の遠足のときだった。近くの山にみんなで登って頂上でお弁当を食べ、そのあと自由時間があった。

さて、なにをして遊ぼうか。

そう思っていたら、ひとりの女生徒が、拾ったどんぐりを先生に見せて誉められているところを目撃。

よーし、わたしもどんぐりを拾って先生に誉めてもらうんだ！

わたしは張り切ってどんぐり拾いを始めた。最初は仲良しの友達数人と一緒だったのだが、彼女たちは途中で飽きてしまい、広場にゴム跳び遊びに行ってしまった。だけど、わたしはどんぐり拾いをやめなかった。先生に誉めてもらいたい気持ちが、ぱんぱんに膨らんでいたからだ。

わたしの他に、もうひとりどんぐり拾いに熱中している女の子がいたので、わたしたちはお菓子を入れてきたビニール袋に次々とどんぐりを詰めた。やがて、その友達も疲れて去っていったが、わたしだけはやめなかった。たくさん集めて先生に見せたら誉めてくれるだろう。先生がびっくりしている顔を思い浮かべ、遊びというより、もはや任務のように没頭しつづけていたのである。広場では先生と楽しそうにゴム跳びをしている友達の姿が見えて羨ましかったが、わたしはかたくなにどんぐり拾いを続行した。

そして、ついに集合の時間がきた。わたしは走って先生のところに行き、大量のどんぐりを見せたのだが、先生はそれほどびっくりもせず、こんなことならみんなと遊べばよかったな、とわたしは少し後悔したのだった。

だけど、家に帰って、母にビニール袋いっぱいのどんぐりを見せると「あら、すごい！」と、ものすごくびっくりされた。それが本当に嬉しかったから、今もどんぐりのことを覚えているんだろうと思う。

半年後

富山に旅行した帰りにチューリップの球根を買った。花好きである実家の母に送ろうと思って買ったのだが、ふと自分でも植えてみようかと思いたち、手元に五つほど残しておいた。しかし、いざ球根を前にすると植える気がおきない。毎日水をやったり、ベランダの日なたに出したりするのが面倒なのだ。面倒なだけではない。

「元気に育つかなぁ、ちゃんと芽は出るかなぁ」

と心配してあげるのが億劫でもある。生き物を育てるというのはそういうことだとわかっているので、実家を離れてからは、動物を飼うことはもちろん、植物もほとんど植えたことがなかった。何度かベランダでハーブを育てたこともあるのだが、枯れてしまったりすると気の毒になってどんどん遠ざかってしまった。だからチューリップの球根も、いざとなると育てるのが嫌になってきたのだ。

そういうわけで、しばらく家のテーブルの隅に球根たちは転がっていたのだが、いつまでもそんなままでは寒そうだ。あんまり放っておくと、たまねぎと間違えてカレーに入れる可能性もあるかもしれないし……。

よし、植えてみるか。近所のショッピングセンターで、鉢と土を買い、球根を埋めてベランダに並べた。春になるまで半年近くあるのだから気の遠い話である。

そしてハッとする。わたしは、自分が来年の春も元気でここにいることをまったく疑っていないのだ。来年も再来年も元気なのだと思っていられる幸せを、わたしはこんなふうに忘れているのである。何カ月も先のチューリップを楽しみにするのは、実はとても幸せなことなのだ。球根が眠る鉢に水をやりながら、静かに感謝してみたわたしなのである。

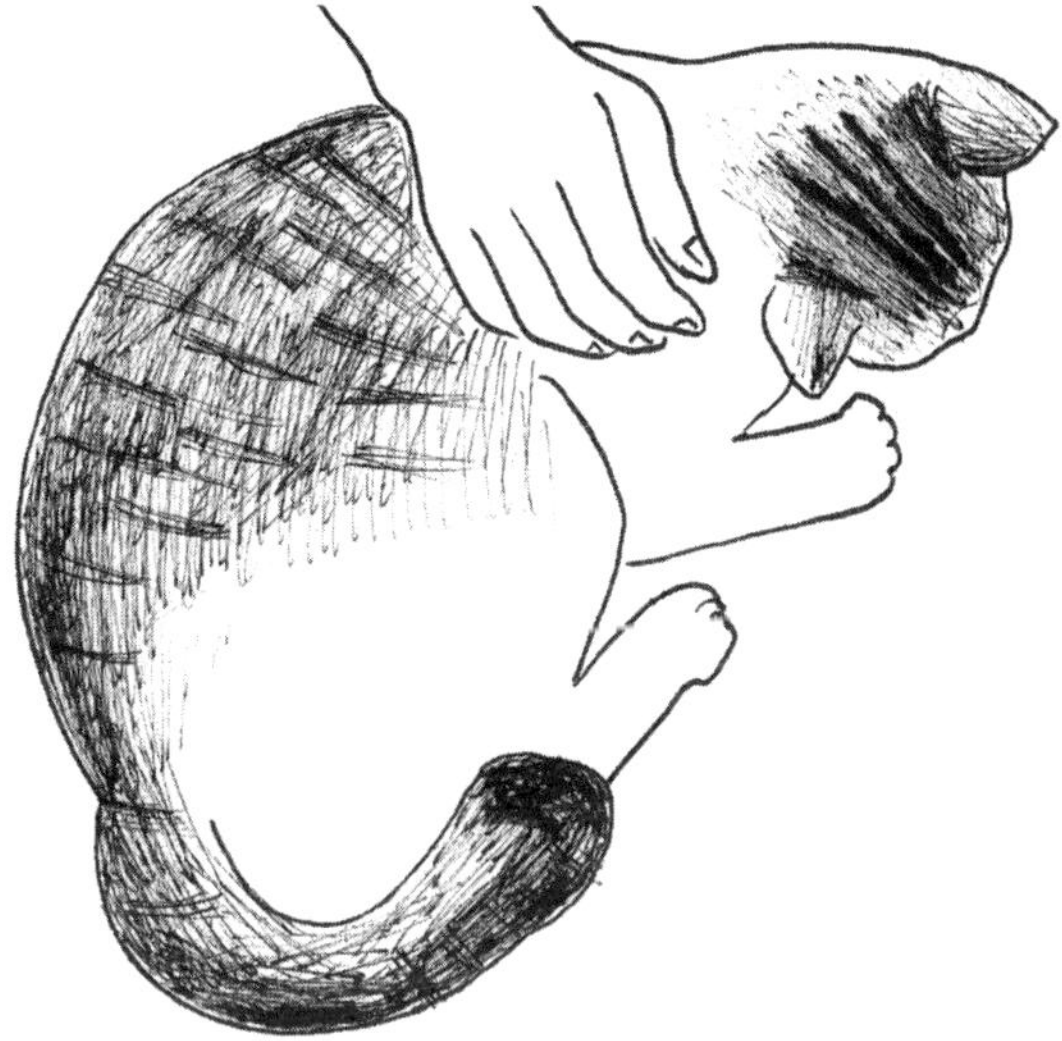

背が伸びた気がする深い深呼吸

上京十年　川柳

悩ましい炊飯器

今いちばん欲しいものといえば炊飯器のような気がする。新聞の折り込みチラシを見ていると、炊飯器もいろいろと新しいタイプのが出ていてすごく気になる。圧力とか、ＩＨとか、遠赤外線とか。機械音痴のわたしには何がなんだかわからないのだが、とにかくご飯が美味しく炊けるのはいいなぁと思う。

以前は、こんなこと思ったことがなかった。子どもの頃から朝食はパンだったし、パスタも大好きなので、お米を食べない日も結構あった。だけど、ここ数カ月、お米中心の食生活に変えたのが、どうもわたしの体質に合っていたようで、長年の便秘もだんだんと改善されてきたのだ。といってもパンを食べなくなったのではなく、夕方のおやつにちょっとつまんでいるのだが、とにかく朝のお米は調子が良い。こうなると、美味しく炊いたご飯を食べたいと思うものである。

お米で思い出したが、小学校の家庭科の授業で、男の子たちがお米のとぎ汁が透明になるまで競い合って洗っていた。あれじゃあ、栄養はみんな流れていただろうなぁ。

現在、わたしが使っている炊飯器は、小さな小さなサイズ。一応3合炊きだけど、3合炊いてしまうとちょっと水がもれる。それに、同じ水加減でも日によって炊きあがりが違い、硬かったり柔らかかったりと手強いのである。

ああ、圧力とか、IHとか、遠赤外線とかがついている立派な炊飯器が欲しい！　買おうか？　でも、まだ今のが使えるからもったいないし。小さいながらに頑張っている姿を見ると引退させるのが気の毒だ。などと、炊飯器であれこれ悩んでいるわたしなのである。

不平不満

何かにつけて反論しないと気がすまない人、というのがいる。「これおいしいですね」と言えば「あっちの店のほうがおいしい」。「面白そうな映画ですね」と言えば

「そうでもないと思う」。「いい天気ですね」と言えば、「でも暑い」。反論してないなぁと思ったら、文句を言っているとか、誰かの悪口を言っているとか。とにかく不平不満ばっかかり。そりゃあ、誰だってそういうことを言うときもあると思う。わたしだって言う。だけど、毎回それればっかりだと聞く人が迷惑だ、という想像はつくので、思っていること全部を言ったりはしないのだ。

どうして不平不満を、全部、口にしてしまうんだろう?

「どうしてですか?」

面と向かって確かめてみたいが、どうせ反論か、文句か、悪口になるので質問する勇気がでない。

こういうタイプの人は、たぶん想像力がとぼしいのだ。自分の不満を、他人は聞いて当たり前だと思っている。相手がうんざりするという想像がつかないのだ。

だいたい、些細なことにいちいち「違う」と言われるのは面白くないものだ。なにより、温かい気持ちになれない。誰かとしゃべっているときに、優しい心配りとか、優しい相づちをもらうと心がホカホカと温かくなる。夜、家に帰ってからも、ふと、その時のホカホカを思い出して、またあの人に会いたいなぁと、人は思うのだ。文句人間には後になっても会いたいと思わない。わたしでいうなら、できるだけ会わないですむように逃げる準備をしている。といっても、それがお仕事の人だった場合は避けてばかりもいられず、そんな時は「この人と別れたあとは、心がホカホカするような甘いデザートを買って帰ろう！」と自分を励ますのである。

故郷の顔

東京に来て面白いなと思うことのひとつに、いろんな地方の出身者に出会えるというのがある。

先日も友達数人と晩ご飯を食べていたのだが、神奈川、京都、愛知、香川、鹿児島、大阪と、出身地がばらばらだった。

修学旅行はどこだった？

という話題になったとき、京都出身の友達はごきげんである。京都に修学旅行へ行ったという者が多く「いや〜、寺しかないけどねぇ」などと謙遜しながらも、自分の故郷が友達の修学旅行先になっていた喜びを隠せないでいる。食べ物の話になると、がぜん愛知の友達が張り切っていた。その日、たまたま入ったのが名古屋のお店で、メニューに手羽先、天むす、どて焼きなどがあり、名古屋のおいしいもの話に華が咲いたのだ。わたしが「ういろうが好き」と言うと、名古屋の友達ふたりが「こんな歌があるんだよ」と、突然ういろうのコマーシャルソングを歌い出した。テンポの良いメロディーで、ういろうの味をぱぱぱーっと早口言葉のように歌い、しかもふたりとも息がぴったり！　その場にいたわたしたちはすっかり聞き惚れて、アンコールまでしてしまった。

普段は標準語で会話をしている友達同士だが、田舎に帰ればそれぞれの方言を持っている。会っているときとは、みんな少し違う顔になっているんだなぁと思うとなんだか面白い。そういうわたしも、東京にいるときは大阪弁ではなく標準語。「大阪のわたし」は、あきらかに話すスピードが早いので、「東京のわたし」に慣れている友達はきっと戸惑ってしまうだろう。故郷を離れるときは淋しかったけれど、離れたからこそ出会えた人もいる。それもまた良かったように思えるのだった。

故郷は捨てたのではなく保存した

温かい言葉なんだよ「また明日」

小さな宝石

エステに行ってきた。天然植物のオイルを全身にぬってマッサージをしてもらったのだが、カラダの凝りがどんどんほぐれていくような心地良さである。裸になって紙パンツ一枚という姿は多少はずかしいのだけれど、個室だし、エステティシャンの女性はプロで慣れているんだと思うと、だんだんと気にならなくなってくる。

エステというのは、女優さんとか、大金持ちの人が行くものだとずっと思っていた。自分には遠い遠い世界の出来事なんだと思っていた。その感覚はなくならないのだけれど、ほんのたまに勇気を出してエステサロンに行ったりすると、

わたしがやって何が悪い？

というどーんとした気持ちになる。100分1万8900円という値段は高額だけど、その100分は、小さな宝石をひとつ手に入れたような輝いた時間である。目には見えないけれど、心でそっと光っている。

エステからの帰り道、わたしはスキップをするくらいの愉快な気持ちになっている。急に美人になったわけでもないし、たいした変化もないのだが、それでも楽しくて仕方がない。

エステに行っている時間があるんだったら、他にやらなければいけないことはたくさんあるとは思う。仕事をする、アイロンがけをする、本をたくさん読む、映画を見る、わたしは漢字が苦手なので、漢字の勉強もしたほうがいいかも……。

でも、100分という時間を買って、スキップをしながら家に帰るのだって大事なことのように思える。ああ、今日は楽しかったなぁ。そう口に出すのは気持ちがいいものだからだ。

ひとりになる

ストレス解消法はなんですか？　と聞かれても、時と場合によっていろいろあるので一言では答えられない。甘い物を食べることが、たぶん一番多い。しかし、いつも同じ甘い物ではなくて、ケーキを買って家であぐらをかいて食べることもあれば、チョコレートをちょっとつまむだけということもある。外でケーキセットを食べてホッとするなんてのもよくやるストレス解消法だ。

マッサージに行くことも多い。これもケーキと同じで、今回のストレスにはこれだ！　という自分なりの基準があり、整体、足裏マッサージ、全身エステなどから選べるようにお気に入りの店を確保しているのだ。というより、日々「ストレスがたまったとき用」の新しいお店を開拓している気すらする。

それから「寝る」というのもかなり効果がある。仕事のことも、抱えている問題のこともポイッと投げ出したまんま、お布団に入る。自分の匂いが充満している布団の中でじっとしていると、蚕の繭《まゆ》の中に隠れているような安心した気持ちになっていく。足先がじーんと温かくなってきて、すとんと眠りにつくと、起きたときには少し楽になっているのだ。

こんなふうにいくつかのストレス解消法から選んで、なんとかなっているわたしだが、ひとつだけ共通しているのは、ひとりになるということ。誰かに電話をしたり、友達とご飯を食べるよりも、わたしはひとりになりたいと思うみたい。それをわかっているのと、わかっていないのとでは、随分違うだろうなと思う。ちなみにストレス解消法で、本やマンガを読むことはあまりない。弱っているときに「才能ある人がいっぱいいるんだなぁ」とうっかり落ち込んではいけませんからね……。

幸せな窓辺

夜、よその家の窓にクリスマスツリーがチカチカ光っているのが見えるし、すごく幸せそうに感じる。

なんかいいなぁ。わたしも買おうかなぁ。

そう思って数年前にクリスマスツリーを購入した。買ってきてすぐに、まっさらのツリーに電球を巻き付けてスイッチを入れた。うん、幸せそうだ。しばらくウットリと眺めていたが、ふと、外からこれを見たらどうなのか確かめたくなり、コートを着込んでマンションの自分の部屋の窓を通りから観察してみた。クリスマスツリーのやさしい光が窓辺でチカチカと光っていて、とっても幸せそうだった。誰もいない部屋が幸せそうに見えるのも変だなぁ。そう思うとなんだか可笑しくなって、わたしは夜の道ばたでひとり笑ってしまったのだった。

そのクリスマスツリーも、子供が生まれた友達にあげたので今は手元にない。もう幸せな窓辺の演出ができなくなってしまった。さらに、この夏に引っ越しした賃貸マンションはとっても古くて、実家の母が初めて遊びに来たとき、

「なんか陰気な感じやね……」

と外観を見てひるんでいたほど。幸せそうな雰囲気がまったくない窓辺だ。きっと表を通る人にも「あの家の人は幸せそうだなぁ」と思ってもらえていないことだけは確かである。

だけど、実際に中に入ると太陽の光がたっぷり差し込み、悪くない部屋だ。なにより、長年つきあっている仲良しの彼と同居を始めたふたりの家でもある。外からは陰気に見える窓辺だけど、そんなのはちっとも気にならない。クリスマスツリーのチカチカ光る電球がなくっても、わたしはこれでいいのである。

お寿司リクエスト

仕事関係の人に「今度ご飯でも行きましょう」と言われることはあるけれど、言われるだけで実現することはほとんどない。でも、ごくたまに本当にご飯に行くこともあり、そういうときは何を食べたいか聞かれる。仕事でのお付き合いなので、先方も会社の名前で領収書をきるのだけど、だからと言ってわたしのような若輩者がリクエストするのも図々しい気がして、いつも「おまかせします」と答えている。

そんなわたしなのであるが、先日、勇気を出して「お寿司が食べたいです」とリクエストをしてみた。わたしは、ずいぶん大人になるまで生の魚が苦手で、お寿司もほとんど食べられなかったのだが、ようやく少しずつ食べられるようになってきた。それが嬉しくて、お寿司を希望したのだ。

とはいうものの、なにせわたしはお寿司の初心者。マグロとかイカとかタコとか、そういう、どこにでもあるようなネタが食べられるようになった程度で、まだまだお寿司に馴染《なじ》めてはいないのだ。それなのに、連れられて行った高級そうなお寿司屋さんでは、板前さんがあれこれとこだわりのネタばかり出してくれた。サヨリとか白子とか海底にすむ聞いたことのない魚とか……。初心者マークのわたしは、すっかり緊張してしまった。

ああ、知ってるネタだけでいいのに！

初めての食べ物に消極的なわたしは、途中から味どころではなかった。そして、食べ終わったときには「当分、お寿司食べたくない」と心の中でつぶやいていたほど。馴れないことをするとこういう結果になってしまうのである。ひとつだけ良かったのは、連れて行ってくれたお仕事の人が「美味しい、美味しい」と嬉しそうに食べていたことである。

続けること、始めること

習い始めてもうすぐ1年になる太極拳教室。たまたま都合がつかずに3回連続でお休みをしたらすっかり行く気が失《う》せてしまった。長続きしない、根気がない、という子供の頃からの性格は大人になってもちっとも変わっていないなぁと再確認してしまう。

人生最初の習い事は「そろばん」だった。小学校の1年から3年生まで週に3日習っていたが、ある日「もうやめよう」と思った。ぜんぜん上達せず、面白くなかったからだ。やめると決めたからには善は急げ。同じそろばん教室に通っていたクラスメイトに「そろばんの先生に、益田さんはやめるって言っといて」と頼んで行かなくなったのである。親にも相談せず、友達にそんな伝言を頼むなんてどういう性格なのだ。

ピアノ教室は3〜4回行ってつまらなくてやめ、5年生で始めた剣道は、かろうじて3年つづいたものの、初段の試験に落ち続けたすえにリタイア。その後も、バスケット、ソフトボール、洋裁、刺繍、油絵、英会話など、いろんな部活や習い事に手を出し、すべて途中で投げ出している。おそらくこれから先だって何を始めても長続きしないだろうなぁ、という想像がつく。

だけど、そう思うとちょっと愉快でもある。いくらわたしだって、何かを始めるときにやめることなど考えていないわけで、今度こそ長くつづけられる何かを見つけたいと思っている。その「始めたい」というものが、よくもまぁ懲りもせずにいろいろ出てくるものだと楽しみになりつつあるのだ。

さて、来年のわたしは、一体なにを習いたいと思うのだろう？　つづけることは立派だけど、始めることもまた、立派なんだと思いたいわたしなのであった。

お年玉

元旦は父の兄の家に親戚が集まってご飯を食べるという習慣があるのだが、わたしは家で留守番することにしている。一緒に行こうと親には誘われるが、行っても居場所がないのだ。父母世代のチームは、病気や老後のお金の話ばかり。従姉妹《いとこ》の子供たちは、みんなテレビゲームに夢中だし、従姉妹たちと喋ろうにも子供がないわたしとは共通の話題もなくすぐに会話がとぎれてしまう。36歳のわたしだけ、どこにも所属できないから、隅っこのほうでミカンを食べながら時間をつぶすことになる。

そんなわけで、ここ最近の元旦は、親戚付き合いには参加せず実家でゴロ寝しているわたし。気になるのは「お年玉をあげるのが嫌で、あいつは親戚の集まりに来なくなった」と思われていないかだ。せこい奴だと呆《あき》れられていないか不安だ。そういう気持ちも少なからずあるので、大きくは否定ができないのがつらいところである。

　初めてお年玉を親戚の子供にあげたときに、人にお金をあげるのはとても勇気がいることだなぁと思った。ずっと当たり前のようにもらっていたけれど、いざ自分があげる側になると「惜しい」と感じる。3000円とか5000円をポチ袋に入れつつ「これであの化粧品が買えるのに」という思いが頭をかすめ、自分がとても欲張りな人間のような気になった。わたしにお年玉をくれていた親戚の人たちも、はんの少しはこんな気持ちになっていたのだろうか？　そんなことをぼんやり考えつつ、お年玉をあげないわたしの最近の元旦は、静かに過ぎていくのであった。

テレビ小説

夜中に仕事をするので、寝るのは毎日、朝方だ。などと言うと「大変ですね」とねぎらってくださる方もいるのだが、それがちっとも大変ではないのである。朝方に寝て、起きるのが午後の1時前。毎日8時間くらい睡眠時間をとっていることになる。放っておいたら10時間は眠れるのだが、NHKの朝のテレビ小説の再放送を見るのが日課になっているので、なんとか昼には起きているのだ。

それにしても、自分が朝のテレビ小説を楽しみにするなんて思ってもいなかった。中高生くらいのときは、母親が毎朝かかさず見ているのを「くだらない」とバカにしていたくせに、今では日課。うっかり見逃してしまうと、悔しいとさえ思ってしまう。そういえば母もよく、洗濯物を干していて見逃しては「あっ忘れてた」などとガッカリしていたっけ。ちなみに、そのテレビ小説の主人公は、健気《けなげ》で、素直で、がんばりやさんで、まっすぐな性格で、純情で、優しい女性という設定が多いのだが、わたしなどは「そんな子が現実にいたら怖いよ〜」とちょっと意地悪く見ているところがある。だけど、それはそれ、これはこれ。内容はともかく、ほんの15分のドラマを半年間もつづけて見る、という積み重ねがとっても心地良いのだ。最終回の週などは、出演者に対する「お疲れさまでした」という気持ちと、毎日（日曜休み）見つづけた自分に対する「お疲れさまでした」は同じくらいになっている。

実家の父も定年後は毎日これを見ているらしいが、そういうことをバカバカしいと言うタイプだったからさすがに驚いた。まさか父や母と朝のテレビ小説の話をするなどとは想像がつかなかったが、結構それが楽しかったりするのだった。

出かける場所

故郷に帰るとほっとする。

それがたとえ狭い団地の我が家であっても、生まれ育った懐かしい匂いに、あ〜、帰ってきたなぁと安心する。

これは本当の気持ちである。本当の気持ちなのだけれど、年々、その気持ちが薄れてきていることは事実だ。お正月も2日を過ぎると、心のどこかで「早く東京に帰りたい」と思っているわたしがいる。帰りたい？　違う、わたしは今、故郷に帰ってきているのだから、東京に「帰りたい」と思うのはおかしいんだ。

必死に否定しようとするのだが、心は普段の生活を恋しがっている。東京で使っている自分の布団が恋しい。自分が愛用しているシャンプーとリンスが恋しい。いつも行く足裏マッサージの店が恋しい。渋谷の大きな本屋さんが恋しい。そして、母の手料理も大好きなんだけど、自分で作る無添加素材の料理が恋しい。認めることが少し悲しいのだけれど、わたしはもう故郷での生活よりも、今の東京での毎日のほうがいいのだ。故郷は、帰る場所というよりも、出かける場所になっている。

そして、ふと思う。父と母も、ほんの少し、わたしがいない生活が恋しいのではないかと。娘が帰ってきて嬉しいという気持ちはわたしにもたっぷり伝わっている。だけど、少しだけわたしのために気を使って肩が凝っているんじゃないだろうか？　ふたりにもふたりの生活のリズムができているのだから。そう思うと、わたしは父と母の老後を、どのようにサポートすればよいのだろうと不安になる。互いの生活を尊重しつつ、ふたりの面倒をみる、ということができるのだろうか。考えると怖くなってきて、この問題だけは「その時がきたら」と後回しになってしまうのである。

食通

「食べることが一番好きです」などと、まるで趣味のように言う人たちは、食べ物に対して強いこだわりを持っている。どこそこのたい焼きがおいしいとか、天ぷらなら浅草のあの店がいいとか。店の名前や商品名をよく知っているし、わざわざ遠くに出かけて行ってでも、おいしいものを食べたいという気持ちが伝わってくる。

わたしなどは、食べることは好きだが、近所の名もないパン屋さんのアンパンとか、近所のお蕎麦《そば》屋さんのそば定食とか、とりたてて大騒ぎされていない店の、普通においしいものを食べて満足しているような人間なので、本当に食べることが好きな人からすると、全然「食べることが好き」の部類に入っていないようだ。

たまに友人の家にみんなで集まって食事会をするのだが、それぞれ食べ物を一品持ち寄ることになっている。そういうときはちょっと緊張する。食通が多いので、みな持ってくる一品に気合いが入っているのだ。

「あっ、それは○○のケーキですね」「○○のいなり寿司大好きなんです」と、持ち寄りの品を見ては歓声があがる。食通じゃないわたしは、そういうことに詳しくないので、みなのように歓声をあげることも、また、喜ばれる食べ物を持参することもできず、いつも申し訳なくなってしまう。

もっと食べ物のことをがんばって勉強したほうがいいのかなぁ。などと身近な友人に漏らしたところ、

「食通の人たちは、知らない人に教えるということも嬉しいもんだから、ミリちゃんみたいに無知な人も大切な役割なんだよ〜」

と励まされた。そういうものなんでしょうか？

お婆さん

楽しみ、と言っては語弊があるのだが、わたしは老眼というものに、今、すごく興味がある。年が明けて37歳になったわたしは、徐々に40代グループに近づきつつある。

40代で老眼鏡を買ったという知り合いがいたことを考えると、わたしだって、あとほんの数年で小さい字が読みにくくなるかもしれないのだ。

老眼は、突然やってくるのだろうか？　朝目覚めて、いつものように新聞を開いたときに、あれ？　今日からわたしは老眼だ！　とハッとするのだろうか。それとも、毎日ほんの少しずつ老眼になっていて、気づいたときには、もう老眼鏡を買わなければならなくなっていたりするのだろうか。本当のところはどうなんだろうと、最近、妙に気になっているのである。

老眼だけではなく、シミやシワが増えたり、白髪になったり。これからどんどんわたしには「老い」が用意されているのだろう。

うんと若かった頃には、その「老い」はまったく他人事だった。老いている人を見ると、気の毒だとすら思っていた。

「そんなに歳をとってかわいそう、わたしなんて、まだ10代よ、羨ましいでしょ？」

自分の若さが自慢で、人生は成長するだけのものだと疑わなかった。だけど、最近になってようやく、老いていくことも人生にはセットになっていたんだなぁと思えるようになった。そして「老い」は尊いものだと感じる。みんながみんな老いることができるわけではなく、老いることを果たせぬ人だってたくさんいるのだから。

わたしはお婆さんになれるだろうか。老いて、いつか、わたしも、お婆さんになりたい。こんなことを思うようになっている、37歳の冬なのであった。

夢日記

夢占いの本というのがあるそうな。わたしは血液も星座も、あらゆる占いに興味がないので、もちろん夢占いに対しても思い入れはないけれど、今年に入って「夢日記」というのをつけている。変な夢をみたときに忘れるのがもったいない、という理由で始めたのだ。

だけど、実はそれが結構面倒くさい。枕元にノートを置いておき、目が覚めたら覚えていることを書くのだが、眠いときに無理矢理に書くから、どのページも文字はぐちゃぐちゃだ。さらには、

目が覚めたら忘れずに夢日記を書かなければ!

と思って眠りにつくせいか、そのプレッシャーで「夢の中で夢日記を書いている夢」までみる始末。夢日記を書いたのは夢だったんだっけ？　などと朝起きてから布団の中で考え込み、一日の始まりにすでに疲れているわたし……。

さて、人がみた夢の話はつまらない、ということを承知しつつ、わたしの夢日記のはしり書きを少し紹介してしまいます。「東大生、歌手の道へ」「黒ヒョウが歩道橋で人を噛み逃げる」「鳥人間コンテストの新企画、船人間コンテスト始まる」「地下鉄のホームでタコ餃子を買う」「中華料理店に行くとトイレの前の席」「富士山までスケボーで行く」などという夢で賑わっている。ちなみにわたしは現実にはスケボーなどまったくできません。果たして、こんな夢でも夢占いはできるのだろうか？　まぁ、わたしの場合は、ただノートに書いて、後で読み返し「ふーん」とか「へー」と自分の夢に、いや、自分自身に呆れるだけなので関係ないんですけれど。いつまでつづくことやら。きっともうすぐ飽きてやめると思います（やめました）。

百貨店屋上バルーン飛べ空に

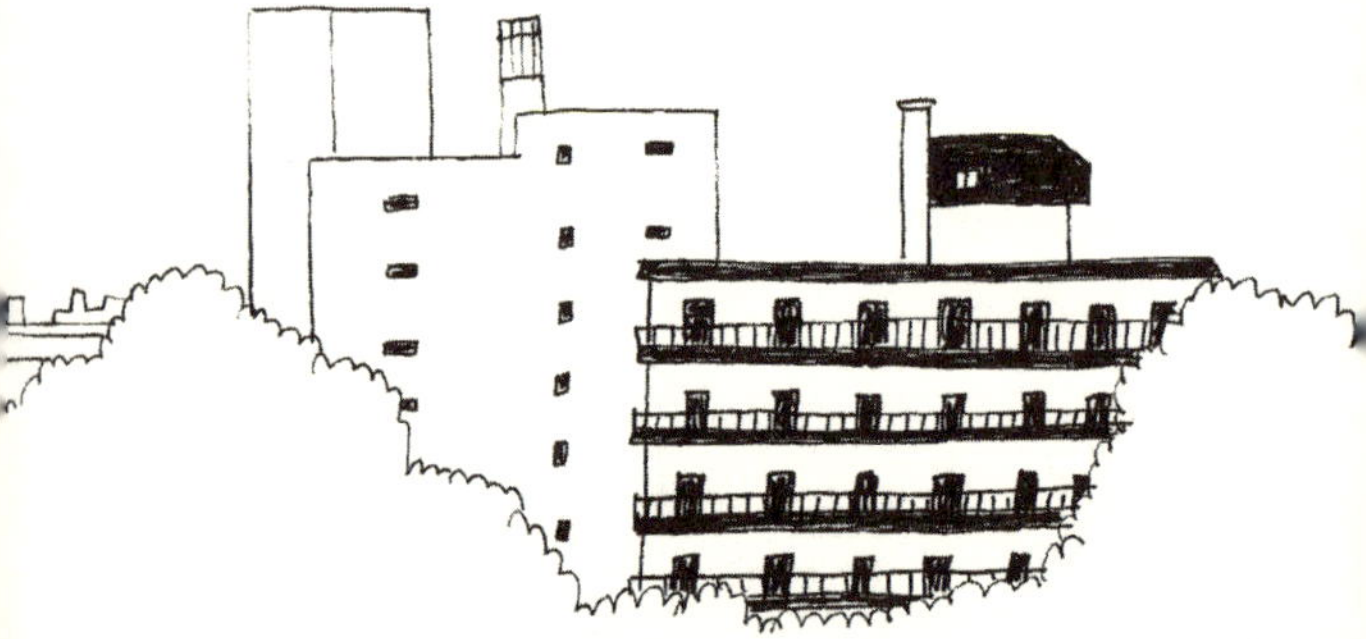

上京十年　川柳

のら猫がいる道とおって帰る家

パチンコの玉追うこの目が
見る夢は

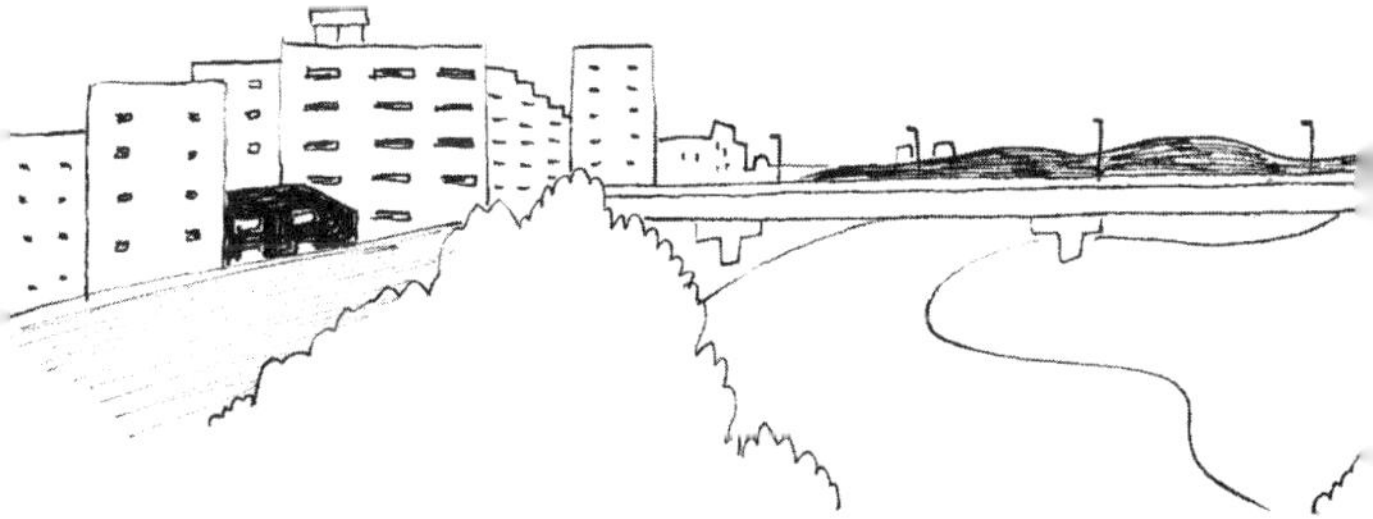

とんでもない贅沢

19万円もするブランド物のコートを買ってしまった。

こんなに高額な衣類を買うのは、わたしにとっては初めてのことである。コートの入った紙袋を持って家に帰ると、わたしはなんだか無性に悲しくなってしまった。19万円。そんなコートが、本当にわたしに必要なのか？

どうしてそのコートを買ったのかというと、高くていいものを買えば、少しはわたしもあか抜けるのではないかと思ったからである。友人たちとのちょっとした食事会などに行くとき、わたしはいつも何を着ていけばいいのか悩んでしまう。これとこれを組み合わせて、靴とバッグの色は同じにして、このコートを合わせて……などと一応はあれこれコーディネートするのだが、いざ電車に乗って出かけると、窓ガラスに映っている自分がパッとしない女に見える。格好いい女の人に見られたい。いつもステキなファッションだなと思われたい。どこかに見栄っ張りな自分がいて、落ち着かないのだ。

19万円のコートはカシミヤである。肌ざわりも良くて、シルエットも美しい。お店で試着し、鏡の前に立ったら、少しステキな人のように見えた。これならどこに行っても恥ずかしい思いをしないはずだ。

だけど、家に帰って着てみると、なんだかお店で見たほど似合っていない。19万円もしたのに。どうしよう、とんでもない贅沢をしてしまった。そう思ってわたしは後悔で悲しくなってしまったのだ。

しかし、つい先日、女友達とお出かけしたときに「ステキなコート、すごく似合っているよ」と誉められ、たちまち元気がでた。人生で割れば、19万円だって高くないぞ！　大事に着るつもりである。

胸の内

先日、旅先のホテルでチェックインしようとしていたら、後方のロビーからなにやら大きな声が聞こえてきた。中年の夫婦客がホテルのスタッフに文句を言っているようである。モメているのはどうやらお金のことのようだ。2万円渡したという客と、2万円ではなく1万5000円だったというホテル側。ただし、ホテル側の担当の女性はすでに丁寧に謝っている。しかし、怒りがおさまらない客側（妻）は、ものすごい剣幕で怒りつづけている。「わたしが間違えるわけがない、銀行でおろしてきたばかりだから五千円札が混じっているわけがない！」。ホテルの社長に手紙を書くから名刺が欲しい、などと言っているのも聞こえてきた。さらに、横から口を挟もうとした夫に「あなたは黙ってて！」とピシャリ。その後、夫の声は二度と聞こえてきませんでした……。

こういう「払った、払ってない」というモメゴトは、その場に証拠がないのできっぱりと解決しないものだ。ホテル側も、しっかり確認してお金をもらわないといけないと思う。客は「レジの中のお金を調べてほしい」とも言っていたが、今ここでレジを計算し、ホテル側が正しかった、と言われたとしたら、このおばさんは納得できるのだろうか？　自分が嘘を言っていないことを信じてほしいおばさんの気持ちもわかる。でも、ホテル側の人が、床に膝までついて「こちらが悪かった」と謝っている姿を見ていると気の毒にもなる。おばさんは、こうも言っていた。

「そうやって謝っているけど、心の中では面白くないって思っているんでしょう？」

人の心の中までは確認できない。どこで怒りをおさめるのかは、難しいものなのかもしれない。

掲載誌・中日新聞

ご縁があって、松竹映画の試写会の案内状がいつも家に届く。無料で映画が見られるなんてラッキーだな〜と最初のうちは喜んでいたのだが、だんだんと面倒になり、ほとんど利用することはなくなっていた。しかし、先日届いた試写会のハガキを見て、久しぶりに行く気になった。あのSMAPのキムタクの舞台挨拶があるからだ！

というわけで、当日、ハガキを持って出かけたわけだが、ここで申し上げておかねばならないのは、わたしは案内状や説明書をいい加減に読んでしまう悪いクセがあることだ。この日も、帝国劇場に行ったら試写会などやっていないので、おかしいな？

と思ってよく読むと、会場は帝国ホテルだった。慌ててそちらに向かった。さらに、受付で芳名帳に名前を書いていたら、係の人に「掲載誌も書いてください」と言われポカンとするわたし。再びハガキを見たら、試写会ではなく映画の制作発表会だったのである！　試写会どころか、映画は、まだ撮影の真っ最中だったのだ。今さら帰りますとも言えず「掲載誌・中日新聞」と書いて切り抜け、記者席に座った。

そこにはテレビ、雑誌、新聞の報道陣がたくさんスタンバイしていた。みんな仕事モードである。わたしはといえば、試写会だと思っていたのでノートひとつ持ってきておらず、ただ前を向いて座っているだけ。周囲に「あの人、なにしに来てんだ？」と思われていたことだろう。やがて制作発表会が始まり、本物のキムタクは見られた。しかし、場違いなわたしは緊張してそれどころではなかったのである。ちなみにその映画は山田洋次監督の「武士の一分」という時代劇で、原作は藤沢周平。こうしてちゃんと中日新聞で書きましたから……。

足りないのはチャンスだなんて
言いはしない

重ねぬりペディキュアみたいな
毎日だ

上京十年　川柳

高額なお買い物

5万円なのである。なにが5万円なのかというと化粧品の値段だ。いつも買いに行く化粧品屋さんのお姉さんに「最近、肌が乾燥して」と喋ったところ、保湿効果の高いクリームがあるとパンフレットを渡された。見れば、なんと5万円と書いてあるではないか。思わず「高っ」と声をあげてしまったわたしに、売り場のお姉さんは吹き出していた。「毎日使わなくても週に2回ほどで肌はしっとりしますし、半年間はもちます。半年で割るって考えると安いと思いませんか?」と彼女は言う。そんなこと言われても、わたしはカードを持っていないから、買うとなったら一括払い。かなり高額なお買い物である。「わたしも使ってますが、すごくいいですよー」とおすすめされるが、あなたは社員割引きでわたしは全額負担……。化粧品に5万円。ないない、絶対ない。そう思って帰りかけたところ、嬉しいことに、お姉さんがそのクリームの3日ぶんのサンプルをくれたのである。これだけで800円くらいするんじゃない?

などとセコいことを考えるわたしは、5万円クリーム向きの人間ではないとも思えてくる。

さて、そのクリーム。使ってみたところとっても良かった。夜に塗って眠ると、翌朝びっくりするくらい肌がしっとりもちもちなのだ。ああ、欲しい。5万円のクリームが欲しい。だけど、そんな贅沢が果たしてわたしに許されるのか？　年金暮らしの両親がつつましやかに暮らしているというのに、娘のわたしが5万円のクリームを買っている場合なのか？　でも、あの肌のしっとり感は忘れられないしなぁ。3日ぶんと言われたサンプルを6日に分けて使いつつ、心揺れているわたしなのである。

大人への道

先日、藤山直美と中村勘三郎のお芝居に行こうとしたら、そのチケットが見当たらないのである。どこを探してもないし、開演の時間も近づいてくるし、すっかり気が動転してしまったわたし。なかなか取れないチケットを取ってもらったのにどうしよう。楽しみにしていたのに。でも、いくら探しても見つからないし、今日はあきらめるしかないのかな……。チケットの手配をしてくれた友人に「チケットなくしちゃった」と泣きそうになりながら電話したところ、彼女は「大丈夫、大丈夫」と、まず劇場の電話番号を教えてくれ、そこに電話をして説明するようにアドバイスしてくれた。その日は友達7人でお芝居を見に行くことになっていたのだが、彼女は、わたしの電話を切った後、すぐにみんなの携帯にメールをして座席の確認をし、わたしがなくしたチケットの座席番号を調べてくれた。「8列の30番がミリさんの番号だから、受付でそう言ったらいいからね」。ほんの数分で、なにもかも解決し、ただ「どうしよう」とオロオロしていた自分が恥ずかしくなってしまった。今度、もし友達にこんなことがあったら、わたしもこういうふうに対処できるような大人になろう！　年齢はすっかり大人になっているけれど、いつもこんなふうに思う。

そういえば、チケットを取ってくれた人にお金を渡すときも、最初の頃、わたしは財布からそのままお金を出して渡していた。でも、まわりの友人を見ると、家からきちんと封筒にお金を入れてきて渡していた。そうかぁ、こうするといいのか。身近な友からも学ぶことはたくさんあるなと、つくづく思う37歳のわたしなのであった。

お年玉さほどお礼も言われない

「しぶしぶ」感

テレビの調子が悪い。突然プツンと消えるというのが2〜3日つづいたかと思うと、とうとうぱったりつかなくなってしまった。買って5年目だからまだ新しいほうなのになぁ。ブツブツ文句を言いながらメーカーに電話をすると、数日後に修理の人が来てくれることになった。

修理の日、早速、テレビの裏のふたを取って修理の人が検査を開始し、接触が悪いのでそこを直さないとダメだと言われる。「料金は出張費込みで1万2000円ほどですが、どうしますか?」と聞かれて、つい「高いですね」と口からでてしまう。さらには、「払わないとテレビが見られないんだから、イヤって言えないですよねぇ」などとイヤミを言ってしまうわたし……。自分にはよくわからない「技術料」に、1万2000円を払うのがすごく惜しいと感じたのだ。本当にそんなに料金がかかるの? こんなふうに疑ってしまう自分にうんざりする。結局、しぶしぶ財布からお金を出して「ご苦労さまでした」とお礼を言ったものの、その「しぶしぶ」な感じは絶対に修理をしてくれた人にも伝わっていたことだろう。時間がたってくると、悪いことをしたなと胸が痛む。技術料というのは、確かに目には見えないけれど、それも立派な商品なのである。なのに、手には取って見られないという理由で軽く思ってしまう。きっとこんなお客はいっぱいいて、あの人は毎回イヤミを言われているのかも。

いろんな事件があるから、いつもどこかで「騙《だま》されないようにしなければ」「安易に信じてはダメ」と緊張している暮らし。そのせいで人をキズつけていることもあるんだろう。せめて払うほうがすっきり納得できる修理料金システムがないものかしら……。

有名じゃなくてすみません

お母さんをテーマにしたエッセイを一昨年に出版したのだが、その売れ行きが好調だとまたまた連絡があった。ちなみに名古屋での売り上げが良いという。

中日新聞で連載をしているからかな？

と一瞬思ったけれど、わたしの他の本が、別段、名古屋で売れているわけでもないことを考えると、名古屋では「お母さん」というテーマが好まれるのかな？　などと考えつつ、どちらにしても良いお知らせである。

たまに「本ってどうやって出版するの？」と人に聞かれるのだが、わたしにもよくわからない。だいたいの場合、ある日、出版社の人から手紙が来る。読むと良いことばかりが書いてある。わたしのこれまでの本が面白くて、素晴らしい。ぜひ、うちでもなにか書いてください。便せんに達筆な文字で書かれてあって、しかも、なぜか速達で届く。それから実際に編集の人と喫茶店などで会って、こういう本を書きたいです、と打ち合わせをする。しかし、これで出版が決まるかというとそうは問屋が卸さない。何週間かして、やっぱり出版できません、と言われる。理由はわかっている。企画会議に落ちたからである。

編集の人が「こんな本を出したいです」と社内会議で提案すると、益田ミリ？　誰それ、知らない、売れてないからダメ（想像）というふうに却下されてしまうのだ。

わたしをプッシュしてくれた編集の人に申し訳なくて、逆に「有名じゃなくてすみません」などと謝り返すわたし……。

だから、本当に出版までこぎつけた本は愛《いと》おしくて、本屋さんで見かけると、つい自分でも買ってしまうのである。

結婚、子供、貯金

どうして結婚しないの？　と聞かれるのに飽きてしまった。というか、どうしていちいち聞いてくるんだろうと不思議でならない。そんな個人的なことを聞いていいのなら、わたしだって聞いてみたいものだ。あなた、貯金はいくらあるの？　お給料はいくら？　あなたの体重何キロ？

だけど聞かない。そんな個人的なことを聞くのは失礼だと思うからだ。しかし結婚や子供の話になると、とたんに失礼だと思わない人がたくさんいる。聞いてもいいと思っているから本当に不思議である。子供が欲しくて欲しくて仕方がないわたしの友人は、「どうして子供を産まないの？」と聞かれるのがつらいと言っている。人を傷つけてまで、自分の知りたい気持ちを優先させるのは正しいことなのかなぁ。しかも教えてもらったからといって、それで何かあるのかというと、きっと何もないんじゃないかと思う。

わたしには彼氏がいるのだけれど、結婚はしていない。ふたりの意見は同じで、してもいいし、しなくてもいいし、どっちでもいいという感じ。それなのに、「まだ結婚しないの？」とよく言われる。それだけならまだいいんだけど、すごーく嫌なのが「さっさと子供を作って結婚してもらえばいいじゃない」というわたしへのアドバイスだ。さっさと子供を作って結婚してもらえばいいじゃない。ってなんなのでしょうかねぇ。ケンカ売ってんのか？　と思って相手の顔をマジマジと見ると微笑んでいたりするから驚く。わたしだったらそんなことは誰にも言わないし、言う気にもならない。言う人間じゃなくて良かったとも思う。

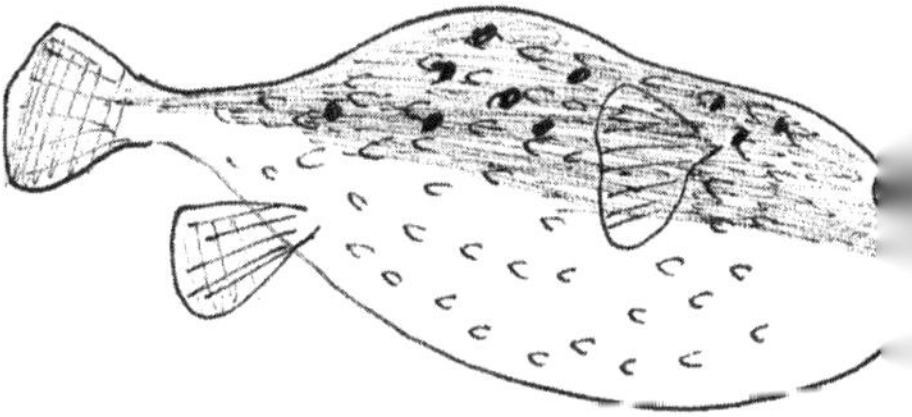
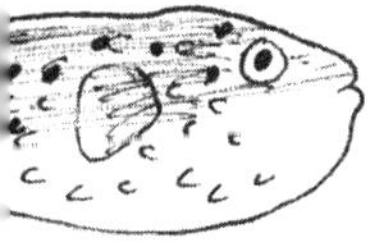

ジャンボ機からあたしのことは見えはしない

上京十年　川柳

クレジットカード

会社勤めをしていた頃にはクレジットカードを一枚持っていた。だけど、フリーになってひとりで働くことにしたときに「仕事が軌道にのるまではカードを持たないでおこう」と解約した。それから10年。再びカードを作ろうと思ったのは、韓国旅行をすることになったからだ。海外だし、一枚くらいカードを持っておいたほうが便利な気がする。

イラストの仕事もしているし、中日新聞で連載もしてるし、自分の本も何冊かあるし、借金もないし、もうカードを持ってもいいよね？

自問しつつ、クレジットカードの申し込みに出かけた。そして用紙にあれこれ記入し、旅行に間に合うように家に送ってもらうようにお願いした。しかし、待てども待てどもカードが届かない。旅行が1週間後にせまっても届かないので電話で問い合わせたら「審査に落ちたのでカードは作れません」と言われた。ええーっ。そんなギリギリに言われても……。どうしてですか？　理由を聞いても決まりなので答えられないと言う。イラストの仕事もしているし、中日新聞で連載もしてるし、自分の本が数冊あり、借金がなくても、わたしはまだ認めてもらえないのだ。年収450万円と書いたのがダメだったのだろうか。本当はもっとあるんだけど、一定しているわりじゃないし、少なめに申請したのがアダになったのかも。本当の年収を電話で言ったが、再度審査をしないとわからないとのこと。年収じゃなく、会社勤めじゃないうえに、持ち家がなく、実家も借家だからダメだったのかも。それとも、わたしの顔に将来性が見えなかったから?!　考えてみても、もうカードは旅行に間に合わない。でもまぁいいか。カードなどなくてもどうってことないのだ。

大人の修学旅行

地元の大阪で会社勤めをしていた頃の同僚3人で、旅行をすることになった。3人で会うのは久しぶりである。ひとりは今もずっと同じ会社に勤めているが、他はそれぞれ転職。わたしが東京に来てからは、なかなかみんなで会うこともなく7〜8年ぶりの集結だ。当時から仲良しだったので盛り上がっている。

さて、どこに行こうか？　みんなの都合で一泊しかできないので、遠くは無理である。取りあえず温泉がいいね〜とまとまるものの、どこの温泉にするか、どんな宿にするかによっても旅の雰囲気は変わる。

そこで、わたしが「箱根」を提案した。3人ともエステは絶対にしたい！　と意見が一致していたので、エステ付きのプランを選んだのだが、ただ、宿が大衆的で特別オシャレではなかった。一応予約はしたものの、しばらくして、そのうちのひとりから「熱海」の案が出てきた。熱海のリゾートホテルはどうかという。もちろんエステもあるし、そこの食事は流行《はや》りのスローフード。ホームページで写真を見たらかなりオシャレである。じゃあここに変更しよう！「箱根」の宿はキャンセルし数日が過ぎた頃、またまた別のひとりから「伊豆」にもいいホテルがあると連絡が……。エステもあり、景色もよく、夕食の他に夜食もあるらしい。温泉じゃないのが惜しいが、そこのエステは本格的なバリ式らしく、かなり惹《ひ》かれる。「伊豆」もいいねぇ。どうしよう？　毎日のように携帯メールでのやりとりがつづいている。

だけど、結局はどこでもいいのだ。３人で夜中までオシャベリしながらお菓子を食べたいだけなのだ。大人の修学旅行みたいだねと楽しみにしている、三十路《みそじ》のわたしたちなのである。

国民健保詐欺

「国民健康保険課ですが」という女性の声で電話がかかってきた。いつもなら、払うのを忘れていたから催促の電話だ、と思うわたしなのだが、今回は先週支払いに行ったばかり。「払いましたよ」と言うと「確認ができない」との返事。わたしは区役所の分署で支払ったので、そこに電話で確認してもらえればわかりますよ、と言うと、「うちから電話できない」の一点張り。なぜ？　と聞いても「できません」しか言ってくれないので、じゃあ責任者を出してくださいと言うと、今度は電話口に男性が出てきた。しかし、これまた人の話を聞いているのかいないのか、「コンピューターの連絡が遅いので、失礼しました」

などと勝手に解決したように言うので、

「コンピューターはわかりましたけど、念のため、あなたが電話で確認してみてください、払ってないことになっていたらわたしも不安ですから」

と訴えても、答えはやはり「できません」。わかりました、もういいです、自分で確認します。すぐに区役所の分署に電話して理由を話したら、もちろん支払いは済んでいた。しかし無気味なことを言われた。わたしに電話をかけてきた名前の人物が、国民健康保険課にはいないという。えっ　ひょっとして振り込め詐欺?!　そういえば電話のふたりって、同じことしか言わなかったもんなぁ……。わたしの電話機は着信履歴が残るので、詐欺グループがかけてきたと思われる電話番号を区役所の分署の人に告げると「その番号は区役所じゃないのでこちらからかけてみます」とのこと。そして結果、電話番号は、健康保険料の催促電話を委託している別の事務所だったらしく、いわば国民健康保険課の管轄だったのである。詐欺じゃなくてホッとしたけど、わたしが国民健康保険料を払ったという確認に1時間もかかったかと思うと、本当に疲れてしまったのである。

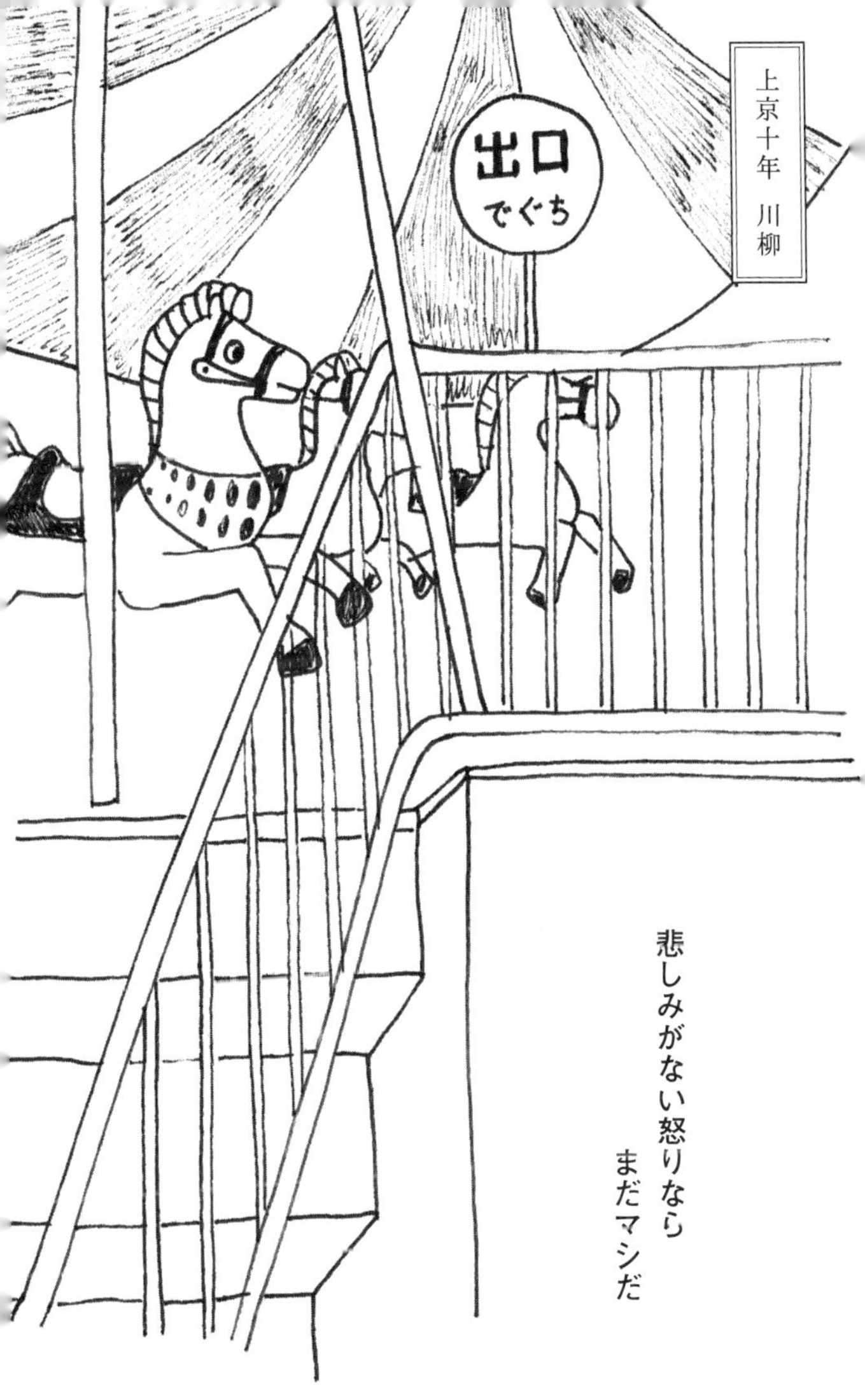

悲しみがない怒りなら
まだマシだ

専門用語の接客

5年前に買ったデジタルカメラ。過去に2度ほど修理をしつつも、最近、さらに接触が悪くなってきたので買い替えることにした。安売りの大きな電器屋さん。デジカメ売り場に行き、すぐに店員さんに声をかける。わたしは電化製品にうといので、自分では何がいいのかよくわからないからだ。

わたしの希望は、今持っているデジカメのメモリーカード（フィルムのようなもの）をそのまま使いたいので、同じタイプのデジカメであること。その希望を告げると、店員さんが何個かカメラを持ってきてくれた。そして機能の説明をしてくれるのはいいんだけど、専門用語が多すぎてぜんぜん意味がわからなかった。

最近、本当によく思うんだけど、電器屋の店員さんの中には、自分の知識を披露したくてたまらない人、というのがいる。わたしがそれはどういう機能なんですか？どういう意味ですか？　などと質問すると、そんなことも知らないの〜？　とバカにしたような顔をする。そして「今までどういうタイプのをお使いですか？」と聞くので、わたしのデジカメを見せると、「これ、かなり古いですね～」と笑ったりする。わたしの中では、接触が悪くてもまだ無理すれば使えるデジカメだし、それを買い替えるなんて贅沢だ、という気持ちでいっぱいなのに。仕事の取材先で支障があっては困るので、思いきって5年ぶりに新品にするのだ。まぁ、そんな気持ちまでわかってくれとは言わないけど、電化製品にくわしい人には、くわしい人が喜ぶ専門用語たっぷりの接客があり、くわしくない人には、くわしくない人用の接客というのがあるんじゃないかなぁ。どの人にもカタカナばかりの機能説明というのでは困ってしまうのである。

初心者

デジタルカメラを買いに安売りの電器屋さんに行ったら、専門用語ばかりの不親切な店員さんにあたって困った。そこで一旦その場を離れて店内をウロウロしつつ、親切そうな別の店員さんを物色。優しそうな人がいたので、「デジカメ欲しいんですけど」と声をかけると、その青年の左腕には実習生と書かれた腕章があった。実習生かよ～、と一瞬でも思った自分をすぐに反省する。誰もが最初はそうやって仕事を覚えるのだから、年上のわたしがそんなことを思ってはいけないのだ。わたしは、その青年にデジカメを選んでもらうことにした。

彼の説明もカタカナの専門用語が多かったので「くわしくない人にもわかるようにお願いします」と言うと、マシになったのでホッとする。そして気に入ったデジカメが見つかり買うことに決めた。実習生が在庫確認をしに行き、わたしが売り場でひとり待っていたところ、先ほどからわたしたちのやりとりを見ていたベテラン風の店員さんが近づいてきて「こっちのカメラも、型はひとつ古くなりますが性能はいいですよ」と別のカメラを見せるではないか。しかも今、買おうとしているものより6000円ほど安い。説明を聞いているとますます良く思え、戻ってきた実習生に「こっちに変えます」と言うと、ベテラン店員さんは得意げな顔で実習生に笑いかけていた。

わたしは電器屋さんの帰り道、やっぱり実習生の彼が一生懸命説明してくれたものを買ってあげればよかったと後悔した。それが彼の自信につながり「仕事っていいな」と、若い人が思ってくれたほうがよかったと思う。どうせ機械にうといわたしなのだ、実習生のカメラにすればよかったと、胸が痛んだのであった。

挿し絵の仕事

ときどき雑誌で小説の挿し絵を描く仕事もしているのだが、そういうときはいつも以上に張りきるわたし。

小説家が、苦しんで苦しんで書いた小説に対する挿し絵である。その小説を最後に美しく包装するのがイラストレーターの仕事だと思うと、失礼のないようにしなくては！　と力が入るのだ。

この物語のどの場面を絵にしよう。原稿を読みながら、自分なりに想像をひろげていく。小説のイメージにあうような場所を探しに、カメラを持って街に出ることも多い。

自分が挿し絵を担当した小説というのは、よっぽどつまらない小説のときは別だけど、かなりの思い入れがある。その作家さんに対して、わたしはすっかり身内のような応援態勢になっているのだ。掲載された雑誌の表紙にその小説家の名前が出ていなかったりすると、どうしてわたしの作家さんの名前を大きく出してくれないの？　と気になってしまう。あんなにいい小説だったのに表紙に名前が載らないなんて……大御所の作家の名前がずらりと並んでいるのを見ては、ああ、わたしが挿し絵を描いた作家さんは今頃ガッカリしているに違いないと心配になる。まるで親戚のおばちゃんのようである。

そして思う。いつかこの人の名前が雑誌の表紙に大きく載りますように。芥川賞とか直木賞をとりますように。ついでに、賞をとった本の表紙の絵をわたしに描かせてくれますように。

そんなことを願いながら、挿し絵の仕事をしている。雑誌の隅に小さく掲載されているイラストレーターの名前など、きっと気にもとめられていないかもしれない。だけど小説のための絵を描くときは、ピリリッとした気持ちで机に向かっているのである。

晴れるまでそのままでいろ洗濯物

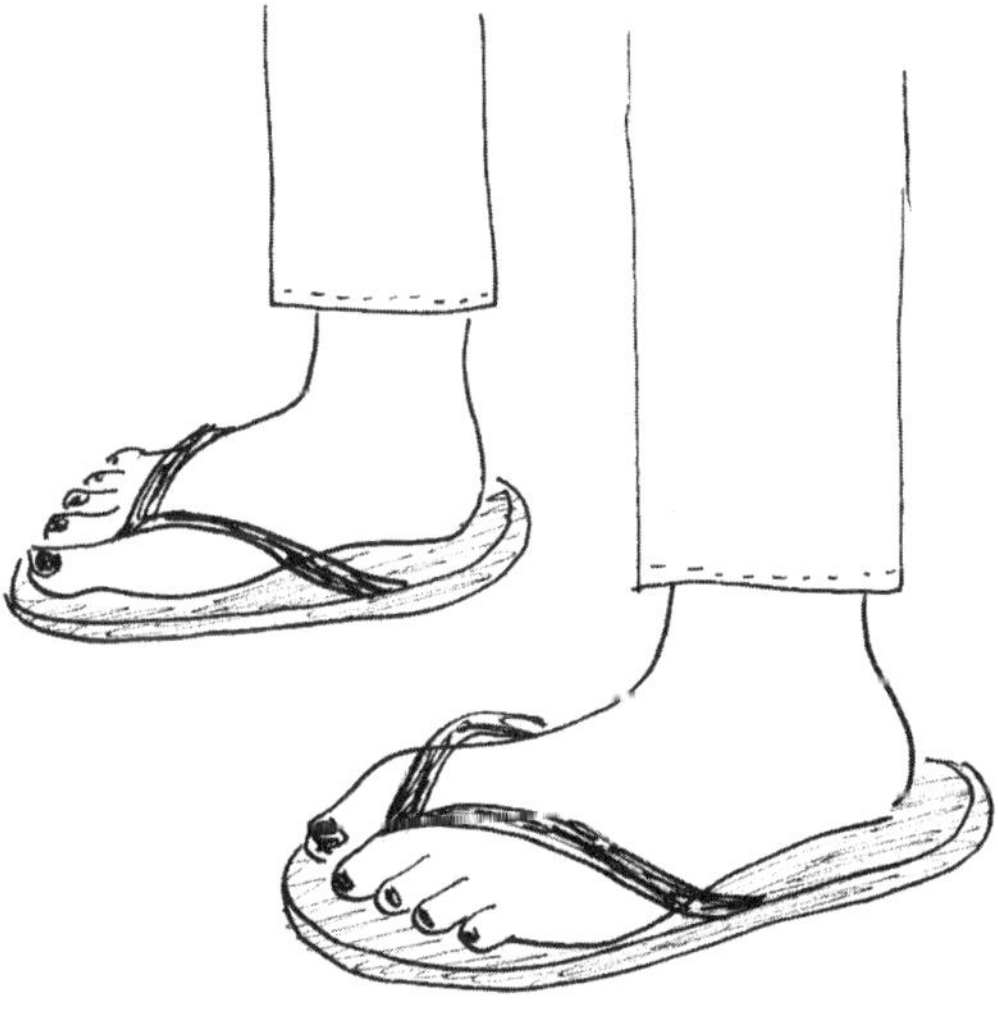

のんびり旅行

世の中には「のんびりできない人」というのがいるんだなぁと思ったのは、女友達3人でリゾートホテルに行ったときのことである。せっかく旅行に来たんだからありとあらゆることをしたい！　という行動派がひとりいて、緻密《ちみつ》なスケジュールをたててくれていた。伊豆高原に着いてホテルに荷物を置き、すぐにバスに乗って観光に出かけて、夜にはホテルのエステを予約しているから5時にはお風呂に入り、5時半から食事で、そのあとエステをして、その後はみんなで卓球して、バーでお酒を飲みながら夜食を食べた後は、屋上で星の観察をして、部屋にもどったらフロントで借りたプラネタリウムを見ながら寝る。おやつを食べながらまったりする、などという優雅な時間がまったくない時間割りである。

最初、旅行しようと計画をたてていたときは「のんびりしたいね〜」などと語り合っていたのに、彼女はいざ出かけると、あれもしたいこれもしたいとなってしまったようだった。そして、それらはすべて実行され、わたしともうひとりの友達は、先生に引率される生徒のように必死でスケジュールをこなしたのであった。

そういえば、わたしが朝、目を覚ましたときには、彼女はもう朝風呂に入っていて、風呂上がりにアイスクリームを食べたと自慢していたっけ。そして、いつまでも布団の中でゴロゴロしているわたしを急《せ》き立てて「せっかくだから朝の海も見たほうがいい」とホテルの屋上まで連行。眠くてそれどころではなかったのだが、一応、見ました、海。でも、それもなかなか楽しい旅行だった。誰の了解を得なくても旅行ができる自分でありたい。わたしはそう思うのである。

1500円のコーヒー

家の近所にお気に入りの喫茶店がいくつかあるが、どこもきわめて普通の店である。コーヒーが350円くらいで、高くて400円。ちょっと寄るくらいだったら180円のセルフサービスの店もよく利用する。たまにコーヒーが500円台のオシャレな店にも行くが、そういうときは、きちんと化粧をしている日。その日の自分の状況によっても、喫茶店選びは変わってくるのである。

それにしても、東京の高級ホテルのラウンジとか、超おしゃれな喫茶店でコーヒーを飲むと、平気で1200円とか1500円もするけれど、あれにはいつまでたっても驚いてしまう。そういう店には仕事の打ち合わせでしか行かないから、わたしがお勘定を払うことはないんだけど、コーヒーに1500円も払ってもらうのには気がひけてしまう。そして、なんとなく1500円のコーヒーより、同じ値段の1500円のバナナジュースのほうがバナナも牛乳も使っているし、お金を払う人も、払い甲斐があるのではないか？　と思い、バナナジュースを注文するわたし。考え過ぎなのでしょうか……。

喫茶店に話をもどすが、本をゆっくり読みたいときは、デザートが美味しい店にする。焼き立てワッフルを食べ、読書をしながらお茶を飲むのは楽しいひとときだ。仕事をするときは、小さなテーブルでちょこちょこ描いていたら飲み物をこぼしてしまうので、テーブルがどっしりと大きいお店がいい。しかし、よく行くテーブルが大きくて空いている店はデザートが美味しくないので、小腹が空いても我慢なのである。

自分の部屋があるのだから別に喫茶店に行かなくてもいいのだが、そこは趣味のないわたしの娯楽のひとつなのである。

痛みを思う

子どものころに膀胱炎になって通院したことがあるけれど、それ以外は大きな病気にかかったことがない。何年か前に健康診断に行ったところ、わたしの骨密度は二十《はた》歳《ち》の若者よりも高いと先生に驚かれた。33歳くらいのときだ。

あと、くわしいことはまったくわからないのだが、わたしは善玉コレステロールというのが多いらしい。先生はそれも誉めてくれていた。コレステロールに善玉と悪玉があるなど知らなかったので、誉められてもピンとこなかったんですけれど……。

というわけで、わたしは、とても健康なようである。そのせいか、前はよく、

「カラダだけは健康なんです〜」

などとふざけて言っていたのだが、最近ではそんな言い方はしなくなった。健康を軽んじて口にしてはいけないのではないかと思えてきたからである。実際、小さな口内炎がひとつできただけで、一日中憂鬱《ゆううつ》になるもの。その何十倍の痛みと闘っている人がどこかにいるんだ、ということをちゃんと心で思っていなければいけないんだと自分自身に忠告するよう心がけている。

少しそれるかもしれないが、わたしは子どものころから決めていることがある。

それは街でサイレンを鳴らした救急車とすれ違うときには「この救急車の中にいる人が助かりますように」「これから迎えにいく人が助かりますように」、そう強く念じるようにしている。誰かと一緒のときは心の中で思うだけだけど、わたしひとりのときには「助かりますように」と小声で口に出す。だからなんだと言われると困るんだけど、なんとなくもうクセになっているのだ。たとえ知らない人であっても、助かりますようにと願うことは大事なことみたいにわたしは思うのである。

母の日じゃない日も遠く想ってる

上京十年　川柳

選手入場

4年に一度のサッカーワールドカップ。普段はサッカーなどぜんぜん見ないけれど、ワールドカップだけは結構見ている。ただし、わたしはサッカーのことがいまひとつよくわかっていない。特にオフサイド。何度説明してもらってもやっぱりわからない。もうあきらめて、黄色い旗が上がったらダメなんだと思うことにして、深く考えないようにしている。

ワールドカップのテレビ中継の中でわたしが一番好きなのは、選手たちが入場してくるところだ。あれは見飽きない。どこの国のチームでも、あれを見るたびにいつも涙があふれそうになる。

サッカー選手は子どもと手をつないで入場するのだと初めて知ったときは本当に感動した。選手たちと手をつないだ子どもは、その思い出を一生大切にして生きていくんだな、と想像するだけで胸がふるえてしまう。職業としてスポーツを選び、世界の舞台でプレーをするほんのひとにぎりの人たち。その彼らと手をつないでグラウンドまで歩くだなんて、なんとステキな思い出なのだ。わたしだったら、自分と手をつないだ選手のことは、ずーっとファンでいるだろうと思う。

そしてその選手たちは、あの子どもたちの小さな手を握ったときにどんな気持ちがするんだろう？　子どもの頃から毎日毎日苦しい練習をしてきたことが頭によぎったりするのかな？　そのことを胸に「よし、勝つぞ」と思うのだろうか。手をつないでいる子どもに微笑みかける選手がいると、なんて大きな人なんだと嬉しくなる。

入場シーンをもっとじっくり見たい!!

そんなことを思いながら、わたしのワールドカップは終わっていくのである。

親切と礼儀

わたしがお婆さんになって、電車の中で若者に席を譲られるようなことがあったとしたら、そのときは大袈裟にお礼を言って喜んで座りたいと思う。

わたしを年寄り扱いしないでくださいな。
心の中でそう思っていたとしても、譲られたときは絶対に座りたい。
人であふれている東京。いろんな地方からたくさんの人がやってきて暮らしている
この街で、若者が知らないお婆さんに「どうぞ」と声をかけてくれたのである。その
勇気をたたえないでどうするのだ。自分の意地とかプライドなど横に置いておいて
「ありがとう、助かりました」と腰を降ろすのは、礼儀のような気がする。
ふと、そんなことを考えたのは、先日、地下鉄の中で、ひとりの青年がおじいさん
に席を譲ったのを目撃したからだ。混《こ》んだ車内で青年は小さな声で「どうぞ」と言っ
ておじいさんに席を譲った。するとおじいさんは「ひと駅だからかまわないでくださ
い」と言い、青年が譲った席に座らなかったのだ。その席はポツンと空いたままであ
る。
ひと駅だから大丈夫だと言ったおじいさんの謙虚な気持ちもわかるけど、それは自
分の気持ちである。だけど青年は自分じゃなくて人のために動いたのだから、それを
ちゃんと汲《く》み取ってあげればいいのに。「ありがとう」と座ることで、この青年は、
次もまた誰かに席を譲ろうと思うかもしれない。妊婦さんに「どうぞ」と言うかもし

れない。また断られるかもしれないし、もういいか、と青年が思わないように大人がちゃんとお礼を言わないとダメなんだ。だからわたしはお婆さんになったらそうするんだ。そんなことを思いながら地下鉄に揺られていたのである。

楽な仕事

毎月5万円の原稿料がもらえるという仕事が一回だけで終了した。毎月5万円だと一年間で60万円である。

わたしはフリーで仕事をしているわけで、毎月の生活費はいくつかの原稿料を合体させた合計となる。5万円アップするとやっぱり嬉しいものだ。定期収入があると思うと、なんとなく安心する。

だけど、終了させてしまったのはわたしのほうである。その仕事は、先方に言われたまんま誉める仕事だった。わたしがルポをして文章を書くのに、わたしがどう思ったかはまったく必要ないという。ただ商品やスポンサーを誉めるだけ。わたしの前にそのページを担当していた人は忠実に実行していたようだったが、その人の家庭の事情でわたしと交替する話がきたのだ。

はっきり言って、こういうのは楽な仕事である。だって言われたとおりにすればいいのだから。だけどそれでは創造性がないので、わたしがこうしたい、ああしたい、そんなんじゃ面白くない、わたしが見た感想も描きたい、もっと面白くできる、などとあれこれ意見を言ったら、次回からは別の人に代わることになってしまった。わたしの60万円が飛んでいってしまったのだ〜。

だけど、それで良かったと思う。そういうこともあるだろう。全然後悔していない。むしろ清々しいくらいだ。

新しい仕事を始めるときは、わたしに声をかけてくれた人が、わたしでよかったと思ってくれないとつまらない。そう思ってもらえるように努力したい。言われたとおりにするとか、前の人と同じでいいとか、そういう仕事は引き受けたくない。ましてや、ものを作る人がそのまま誰かの真似っこなんてカッコ悪い話である。

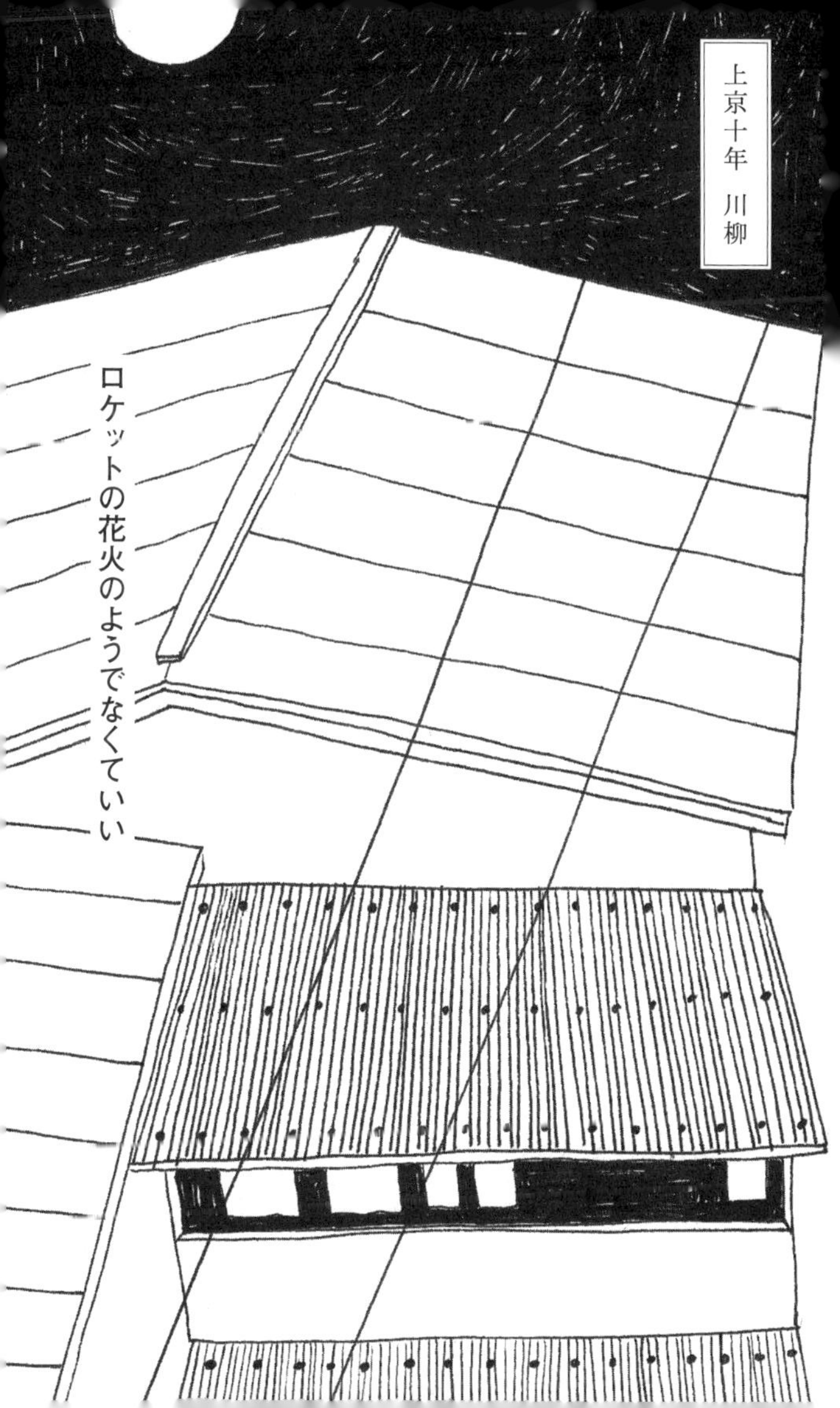
上京十年　川柳
ロケットの花火のようでなくていい

ネギ栽培ガーデニング

秋に植えたチューリップの球根が、春になってパッと花開いたときは本当に嬉しかった。

わたし、ちゃんと花を咲かせられたぞ！

というなんともいえぬ達成感である。調子にのって他にも何か植えてみようと、ネギの種を買ってきてベランダのプランターに蒔《ま》いてみた。

しかし、芽は出てきたものの、いつまでたってもモヤシみたいにひょろひょろなのである。モヤシより細い。かいわれ大根みたいだ。いや、もはやアルファルファ……。

スーパーで売っているような、青々とした立派なネギに生長する気配が一向にない。

そういえば、実家の母もベランダでネギを育てていたっけな。早速、電話をして聞いてみたところ、「種からネギを育てんのは難しいんやで」と言われた。じゃあ、お母さんはどうやって育てたわけ？　「スーパーで買ってきたネギの、根の部分を土に埋めておいたら出てくるよ」とのこと。ネギが生長してきたぶんだけハサミで切って料理に使えば、またそこからネギが伸びてくるのだという。

ということは、もう一生、ネギを買わなくていいんじゃないか?!

わたしは、さらに大きなプランターを買ってきてネギの根っこを埋めた。数日すると母が言ったとおりネギはどんどん生長してきた。心なしか、最初に買ってきたときより細い気はするが、味噌汁に入れても大丈夫なくらいの存在感はある。よし、これで食費の節約ができるなぁ、と喜んでいたものの、ネギのまわりをいつも小さな虫が飛びまわっているのが気になる。それに一度収穫すると、しばらくは伸びてくるのを待たなくていけないので、毎朝の味噌汁には全然足りない。結局スーパーでネギを買っているので、あんまり節約になっていない気もするネギ栽培なのである。

パールのネックレス

ネックレスをふたつ持っている。ひとつは母に、もうひとつは親戚のおじさん夫婦にもらったものだ。ともに小さなダイヤモンドがついていて可愛らしい。ふたつあれば人生に充分と思っていたが、わたしは前々からパールに憧れていたので、この度、思いきって買うことにした。

それにしても一体いくらするのだろう？

パールがぐるりと一周連なっているタイプは何十万円もするはずなので、ひと粒だけついているのでいい。念のため銀行で5万円を下ろしたけど、5万円もしたら諦めるつもりである。

銀座にあるパール専門店には高級な空気がただよっていた。緊張しつつ、ショーケースの中からいくつか見せてもらう。ひと粒のものなら2万円ほどなのでホッとしたが、一番安いのを探しに来たと思われるのも恥ずかしいので、2万円の他に2万5000円くらいのも試しにつけてみた。でも心は2万円のに決まっている。ただ「どちらも淡水パールですが」と言われた。どうやら淡水はパールの中ではランクが低そうだ。せっかくなので淡水じゃないのも見せてもらった。言われてみれば立派な気がする。値段を見たら3万6000円である。たったひと粒なのに！　といっても鎖の部分は18金なので金の価格もあるわけだが、それにしても高い。でも、悩んだあげく買うことに決めた。

お金を払うとき、

「たまたま前を通りかかったら、欲しくなっちゃって」

などと、余計な見栄を張るわたし。まぁ、たまには小金持ちのふりをするのも愉快なものだ。早速、駅のトイレでパールのネックレスをつけてみた。いい感じである。ただ、ちゃんと首にネックレスがあるか心配になり、歩きながら何度も確認しつつ家に帰ったのである。

鱧寿司と牛蒡

女友達とふたりで結成した「セレブの会」。まだつづいている。1回目は、高級スペイン料理、2回目は夜景を見ながらホテルのニューヨーク料理。そして今回は、目黒雅叙園という老舗《しにせ》ホテルの和食である。

着物姿の女性に案内されたのは広い個室で、そこに友達とふたり向かいあって座った。なんだか対談のようだ。対談っぽく写真を撮ろう！　などと、ふたりでふざけて写真を撮りあっているところに、仲居さんがドリンクのオーダーをとりにきて、すっ転びそうになる。

目の前には、コース料理の献立表が広げられていた。ほおずき盛りトマト焼酎キャビア、アスパラムース、海老らせん揚げ、などと読むだけでおいしそうなメニューの数々。

ところで、鱧寿司ってなんだろう？

「これ、なんて読むの？」

仲居さんがいなくなってから、友達に質問する。

「よくわからないけど、ハモじゃないかな？」

という返事。彼女は心優しい人なので、「こんなのもわかんないの～」などとは言わず、控えめである。

メニューの最後のほうに、牛肉のそぼろご飯と書いてあったので、「おいしそうだねぇ」と友達に言ったところ、「そぼろ？」と聞き返された。あれ、違う？　文字の雰囲気で、勝手に「ぎゅうそぼろ」と口走ってしまったが、不安になる。献立の文字を指さすと、彼女はまたまた謙虚に教えてくれた。

「よくわからないけど、ゴボウかも」

牛蒡って、ゴボウと読むのか！　牛だから、その後は「そぼろ」に違いないと思ってしまった。ひぃーっ！　恥ずかしい。

漢字が読めないとメニューにも苦労する、前途多難のセレブなわたし……。でも、お料理はすごくおいしかった。ひとり、1万2600円だった。

わたしのカラダ

歯科検診に行くと、虫歯が4本あると言われた。以前、治療に通ったことがある近所の歯医者さんなのだが、前の担当だった先生はもう辞めたようだった。日をおいて、まずは奥歯の治療を始めた。すでに銀歯がかぶせてある歯なのだが、治療後はせっかくだから見た目がきれいな白いかぶせものに変えたい。先生に相談すると、セラミックのがいいけど10万円ほどかかるという。保険がきかないから高いのだ。プラスチックのでよければ5万円くらいと言われたので、そちらでお願いし、型を取り、2週間後にかぶせることになった。

しかし、その後、友達数人と歯の話をしていたら、プラスチックで5万円は高いと言われた。保険が使える白いかぶせものもあるという意見も出て、わたしは急に不安になる。あの歯医者さん、大丈夫かな？　ちっとも説明してくれなかったし。いてもたってもいられなくなり、その日、インターネットで歯のことを徹夜で調べてしまった……。

そんなヒマがあったら仕事のひとつでもできるじゃないか〜！

わかっているけれど、でも、わたしは自分の歯のほうが大事だ。わたしの歯や、わたしのカラダに替えはないけれど、仕事にはいくらでも替えがいるもの。

翌日、歯医者さんに電話をして、改めて先生にくわしく話を聞くことにした。そのためだけの予約である。プラスチックの歯について納得するまで質問するのだ。お医者さんに嫌われるのは怖い。つい引け目を感じるけれど、わたしのカラダはわたしのものなのだし、先々のためにも、お医者さんに遠慮しない練習が必要なんだ。などと思い、勇気を出すわたしなのである。

食べたいものなどなく空を見る夕暮れ

わからないこと

虫歯の治療後の歯に、5万円の白いプラスチックのかぶせものをするか迷っていた。友達に保険が適用されるものもある、と言われたからだ。その後、歯医者さんにくわしく話を聞きにいったところ、プラスチックでも進歩した丈夫なタイプらしく、わたしもインターネットで調べていったので、先生の説明することがだいたいわかり、やっと納得できた。「しっかり説明しなくてごめんなさいね、これからもなんでも聞いてください」。女性の先生は、そんなふうに言ってくれたので、改めてお願いすることにした。

実は、もし先生がわたしの質問に対して面倒くさそうにしたら、すぐに他の病院に変えようと決めていた。

その場合、わたしの歯のレントゲンはどうなるんだろう？　また新しい歯医者さんで撮ってもらうのはお金もかかる。

区の歯科医師会というものがあることを知り、電話で聞いてみたところ、歯医者さんに相談してくださいと言われた。違うんだ。レントゲンをもらえる権利があるかどうかを、わたしはまず知りたいのだ。でも相談してくださいの一点張り。次に東京都の歯科医師会に電話したら、相談は週に一度、曜日が決まっているらしく、急ぎならば、東京都が行っている「患者の声　相談室」に電話するよう言われた。へぇ、そんなものがあるのか。早速電話すると、歯のレントゲンは歯医者さんに5年間保管する義務があるから、もらえないそうだ。でもコピーをしてもらうことはできますよ、と言われた。

結果的には、歯医者さんを変えなかったのでレントゲンのコピーは必要なかったけれど、わたしにだっていろいろ電話で聞くことができた！　と思うと、ちょっとした達成感があったのだった。

恋の始まり

それは渋谷にある本屋さんでの出来事だった。

本屋の2階には広いセルフサービスの喫茶店がついていて、わたしは買い物帰りに、時々そこでコーヒーを飲みながら本を読む。

その日は、コーヒーとパンをレジで買い、窓の外が見える長いカウンターの席に座った。「さて、のんびり読書するぞ〜」と思った瞬間、わたしは自分のコーヒーをテーブルの上にひっくり返してしまったのである。右隣の男性の方へ流れていくわたしのコーヒー。男性は読書に夢中で、コーヒーの波が押し寄せていることに気づいていないので教えてあげた。「あのっ、こぼしちゃいました！」。わたしがお店の人にフキンを借りるためにレジに走っている間、男性は紙ナプキンで、コーヒーの波をせき止めようと頑張ってくれていたようだった。

お店の人も手伝ってくれ、なんとか事件は解決した。が、困ったのはその後だ。よく見ると彼の本を少し汚してしまっていた。「大丈夫です」と言ってくれたが、ここはコーヒーの一杯くらいごちそうするべきではないか？　いや、待て、そんなことをしたら、ナンパするためにわざとコーヒーをこぼしたと思われるかもしれない。だって両隣に男性がいたのに、わたしはカッコイイ側の男性に向かって（偶然です）コーヒーをぶちまけてしまったのである。ふと、思う。本屋でコーヒーをこぼしたのが縁で恋が始まるなんて素敵！　でも、わたしにはもう恋人がいるから出会っても困る。お詫《わ》びにコーヒーをごちそうしたいけど恋はできないし……などと考えていたら、だんだん話し掛けるタイミングを逃してしまい、再度「すみませんでした」と謝り、逃げるように本屋さんを後にしたわたしだった。

脳年齢

自分の脳年齢がわかるゲームが流行っているらしい。
買った人に試させてもらったところ、わたしの脳年齢は63歳だった。ちなみに実年齢は37歳だ。そのゲーム機でどんな検査をするかというと、計算問題とか、後は、えーっと、忘れてしまった……。

そういえば、最寄りの駅に自転車を停める場合、最近は一台一台、前輪を機械に挟み、後で番号を精算機に入力して解除するシステムになった。わたしは、この、自分が停めた番号が覚えられない。別に覚えなくても、自分の自転車が停めてあるところに行って番号を確かめればいいので支障はないのだが、精算機と、停めた自転車の場所が遠いと、見に行って、また精算しに来て、と面倒くさい。ならば、自転車を停めたときに番号を覚えておけば、わざわざ後で確かめに行かなくてもいいのである。

よし、今日は124番に停めたぞ。

その場で暗記したつもりでも、数時間して戻ってくると、わたしはすっかり忘れている。いや、ほんの30分ほどの間でも覚えていられないのだ。観察していると、自分の番号を覚えている人が結構いて、てきぱきと自転車に乗って去っていく。わたしのように自転車を停めた番号どころか、自分がどこに自転車を停めたかすら忘れ、うろうろしている身としてはうらやましい限りである。今日はしっかり覚えているぞ。そう思って、精算機に自分の番号を入力し、お金を入れたところ、他人の自転車置き代を精算していた、などということもあったっけ。

でも、まぁ、今のところなんとかなっている。それに、わたしの父は実年齢が72歳、母は64歳。娘のわたしの脳年齢が63歳でも、一応年下になりますからね。

流行の化粧

上手に化粧をしている若い女の子たちとすれ違うたびに、わたしは自分の化粧の仕方が不安になる。別に10代20代の女の子たちのようになりたいわけではないし、なれるわけもないのだが、無理のない範囲で流行のお化粧をしたいと思う。

一体どうすればいいのだ？

よく、デパートの化粧品売り場で化粧をしてもらっている人がいるが、あれはとても不思議だ。どうやったらあの席に座れるんだろう？　だいたい店員さんに、どう声をかければいいいか、わたしにはわからない。

「すみません、流行の化粧をしてもらいたいんですけど」

などとお願いしていいのだろうか？

化粧品売り場をウロウロしていたら声をかけてくれるかも、と思って歩いてみたものの、香水がついた紙を「お試しください」と渡されるくらいである。

考えた末、化粧品メーカーのお客さま問い合わせ先にメールで相談してみた。「化粧の仕方を教えてもらいたいんです」。すぐにメールで講習案内の返事が届いた。40分のマンツーマンレッスンというプランがあったので申し込んでみる。なんと無料だ！

当日は、デパートの売り場でメイクレッスン。憧れの店頭での化粧である。最初に、肌の状態をコンピューターで調べてもらったら、潤いがあって良いと誉められた。つづいてメイクアップアーティストによる化粧開始。仕上がりは普段とそんなに変わらなかったので、わたしの化粧もそれほど下手じゃないのかも、などと少し自信がついた。

今日はどうもありがとうございました。そう言って帰ればいいのだが、悪いかなと思って口紅を一本だけ買った。「無料」にはちょっとした図太さが必要なのである。

初めての給料額を覚えてる

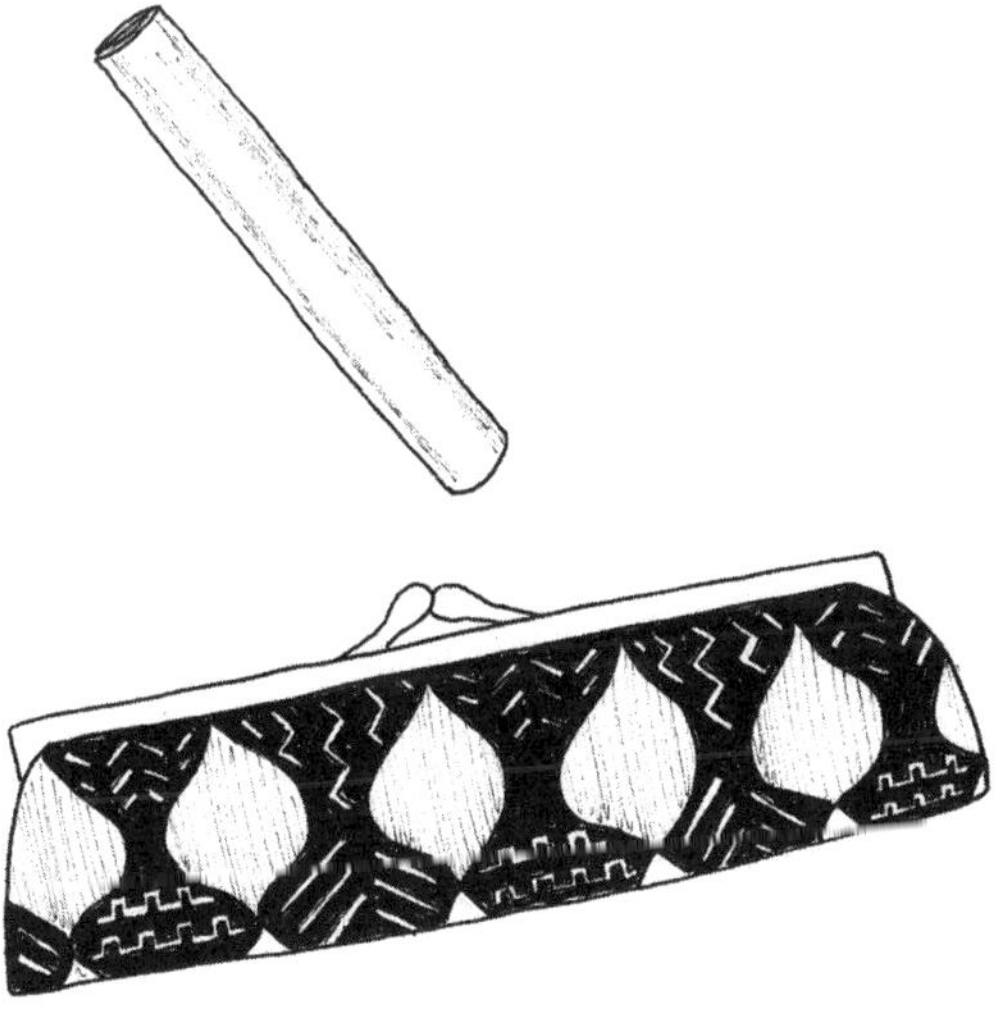

老後の不安

ときどき老後のことを考える。

一体わたしはどうなるんだろう？

今は賃貸のマンションに住んでいるけれど、歳をとったら仕事もなくなってしまうだろうし、そうしたら収入がないからこのマンションに住んではいられなくなる。わたしには子供がないから、援助してくれる人もいないし。そんなふうに考えていたら、すごく不安になってきて区役所に相談に行ったことがある。

「収入が少なくなっても住める家はありますか？」

住宅の係のオジサンはポカンとした顔でわたしのことを見ていた。そして「あなた、今、収入がないんですか？」と質問されたので、「いいえ、今はあります。でも老後に住む家があるか不安なので……」と答えたところ、もう少し歳をとってから相談に来てもいいんじゃないですかと言われた。ああ、それはそうだ、と家に帰ってきたわたしである。

お金がたくさんある人は、老後の不安が少ないんだろうか？　わたしはお金持ちになったことがないからわからない。わたしの実家は築40年以上になる古い団地で、どこもかしこもボロボロである。しかし、今度建て替えが決まり、父と母は「人生の最後に新築の家に住める」と大喜びしている。老後の住居の不安はなさそうだ。子供の頃は団地に住んでいるのが恥ずかしくて、友達にもかくしていたけれど、今となっては羨ましい気もする。父も母も団地中にお友達がたくさんいて、老後になってからますます交流を深めている。

わたしはどうなるんだろう。自分が家を買う、などということをわたしはちっとも想像できない。

東京の秋の夕暮れ、街で団地の前を通るたびに、わたしは、ふと空き部屋の窓を探してしまうのである。

住みたい街ベスト

大阪からひとり東京に出てくるとき、特に頼るあてはなかった。

さて、どの街に暮らせばいいかな？

そう考えていたところ、ちょうど若い女の子が読む雑誌で「東京の住みたい街ベスト10」という特集をやっていた。1位、2位の街は、きっと人気があって物価が高いはず。じゃあ、3位くらいの街にしよう。というわけで、わたしは、その人気ベスト3の街の不動産屋さんに飛び込んだのである。

それから10年。合計2回の引っ越しをしたが、住んでいる街は今も変わっていない。ちなみに、10年前は人気3位だった街だけど、つい最近ではぐんと順位を落としていた……。若者たちの感覚も変わってきたのだろう。

それはさておき、とても暮らしやすい街だ。季節ごとに街中ではいろんなイベントも行われている。小さな花火大会、お祭り、カラオケ大会、その他もろもろ。偶然、通りかかれば、わたしも足を止めて見物するし、手拍子だってすることもある。お婆さんになるまで、ずーっとここでいいかな。そう思うくらい、気に入っている街なのである。

ただ、わたしには地域の人々と仲良くふれあうような機会がない。ご近所の知り合いもひとりもいない。6世帯しかいないマンションなのに、住人の顔も全然わからない。廊下ですれ違えば挨拶はするけれど、顔まで見ない。相手の靴に向かって「こんにちは」というくらい。わたしは、この街が好きだけれど、この街に住んでいるだけなのである。

なにも煩わしいことはない。楽チンだ。今のところ、これでいい。

ほんの少し淋しいなと感じるのは、買い物帰り「きれいな夕焼けですねぇ」と、1分くらいの立ち話ができるご近所さんがいないことである。

武士道

わたしの両足のスネには傷あとがある。もうずいぶん薄くなったけれど、えぐれたみたいになっているので、消えてなくなることはないだろう。

12～13歳の頃だった。わたしは当時、剣道を習っていて、毎年夏に行われる泊まりがけの合宿に参加していた。その時に転んで怪我をしたのだ。

わたしの通っていた子供剣道教室はまだ新しく、全員が1期生。年齢の上下はあるものの、ほとんどが初心者である。女子の中ではわたしが一番年上で、合宿ともなると、自然と女子チームの班長となる。剣道は武道なわけだから、稽古だけでなく礼儀もとってもきびしい。そのうえ、年下の子供たちの面倒もみなければならない班長だったので、わたしは合宿の間中、ずっと気が張り詰めていた。移動するときは先頭に立ち、みんながついてきているか振り返りながら歩いた。そのせいで石の階段で足をすべらせ、転んでしまったのである。足からは血がダラダラと流れ、わたしは痛さよりも先に、ショックで呆然《ぼうぜん》としてしまった。そこへ、ひとりの剣道の先生がやってきて、わたしのことを怒鳴り、頭をバシッと叩いたのである。「班長のくせにしっかりしろ」。わたしは目に涙をいっぱいためながら、みんなを先導して合宿場に戻り、簡単な薬を塗られただけで、翌日も稽古をしたのである。

なにが礼儀で、なにが武士道なものか。子供が足に一生消えないような怪我をしているというのに。

わたしはその時のことを思い出すたびに、自分がかわいそうでたまらなくなる。年上といったところで、まだほんの子供だったのだ。厳しさなんかより「大丈夫か」とおぶってくれた大人に出会えていたほうが、成長していく子供の心には良かったのだと思う。

お金の魔力

お金をたくさん払うと威張りたい気持ちになるんだなぁ。

最近そんなことをよく思う。たとえば新幹線のグリーン車。東京から故郷の大阪に帰省するとき、わたしは普段は指定席を利用するのだが、たまにちょっと贅沢をしてグリーン車に乗ってみることがある。ゆったりと広い座席。足を置くスペースもある。席についてしばらくするとおしぼりまで持ってきてくれる。さすが高い料金だけあるなといい気持ちになる。だけど、そんなグリーン車の中に、話し声の大きな人とか、匂いの強いお弁当を食べている人などがいると、イライラしてくる。

せっかく優雅にグリーン車に乗っているのに、これじゃあいつもと同じじゃないか！

こんなことくらいなら普段はなんとも思わないのに、「お金をたくさん払った」という意識がわたしをいつもより不愉快にさせる。

そういえば先日、自分の足の型を正式に測定してもらう靴屋さんで買い物をした。あれこれアドバイスをもらい、一足4万円もする革の靴を買った。足に良い靴が欲しかったのと、一生大事に履くのならお得かもと思ってのことだ。しかし、実際に履いてみたら靴擦れした。高いお金を払って買ったのに！　お店に行って何度か修理をしてもらったのだけれど、その時のわたしはイライラしていたから、きっと感じが悪かったに違いない。いつもだったら、こんなふうではないのだけれど……。

お金を多く払ったぶんだけ、それに見合うサービスが欲しい。そう思うのが間違っているとは言わないが、そのことでイライラしたり、感じが悪くなる自分を見ていると、お金って人を変える力があるんだなと怖くなるのである。

一期一会

話題になっている北海道・旭川の「旭山動物園」に行ってきた。

新聞に広告が載っていた格安プラン。飛行機は、早朝の出発便だ。寝坊してはいけないと思ってドキドキしていたら、結局2時間くらいしか眠れなかった。

わたしたちのツアーだけでも、バス3台が満席。さらに動物園に近づくと、たくさんの観光バスが停まっていた。こんなに人が大勢いて、動物など見られるのだろうか？　心配になったけれど、見ることはできた。人気の白熊も、根気よく順番を待ち、ジリジリと前のほうに進んでいけばよく見えた。白熊が泳いでいるところを、水槽の側面から見られるのが評判になっているのだ。白熊はとってもかわいらしくて、なかなか離れられなかった。「動物の目に悪いからカメラのフラッシュはたかないでください！」。係の人が、いろんなところで何度も何度も注意しているのに、フラッシュが止《や》むことはない。「せっかく来たんだから」という人間の欲張りな気持ちが、動物園中で発光しているようだった。

せっかく来たんだから。

そう思うのは「もう二度と来られないかもしれない」という焦りだと思う。わたしはフラッシュで写真を撮らなかったけれど、でも、やはり心の中で「もう来られないかもしれない」と、焦りながら動物を見ていた。楽しまなければと、焦っていた。

いつかいつかと思っているうちに時間が過ぎていくことを、わたしもなんとなく気づき始めている。37歳はまだ若いよ。そう言って、わたしの肩を叩いて笑う人もいるけれど、37歳のわたしなりに老いていく不安はある。

人気の動物園を旅して、ふとそんなことを感じていたわたしなのである。

淋しさはひとりでなんとか
しなくては

痛いの痛いのとんでいけ〜

知り合いの小さな子供が、身ぶり手ぶりで一生懸命に何かを伝えようとしている仕草は、本当に愛くるしい。「ちょうだい」というのが「よーだい」としか聞こえず、わたしがポカンとしていたら、その子の母親が訳してくれて、やっとわかった。おもちゃを拾ってあげただけで、大袈裟に「あーとう（ありがとう）」と、深々と頭を下げられると、なんだかこちらのほうが恐縮してしまう。

さらには、わたしのことを「おねぇちゃん」と呼ばれている姿にも申し訳ない気が……。

さて、ある時、その2歳の子供が、真剣な顔をして、わたしの足下に走ってきた。

どうしたの？

聞いても相手は言葉で伝えられないわけで、コミュニケーションがとれない。トイレからもどってきた母親は、その姿を見て「なに？　おてて、ぶつけたの？　痛かったねぇ、痛いの痛いのとんでいけ〜」と、子供がどこかで手をぶつけてきたことを瞬時に見抜くではないか。なんでわかったの？「あのね、ぶつけたり、転んだりして痛かったら、いつもわざわざ痛いところを見せにくるんだよ」。へぇ、そういうものなのか。だからあの子は、わたしに掌《てのひら》を向けて教えていたのだ。「痛かったね、かわいそうだったね」と慰めてもらいたかったのだ。

児童虐待のニュースを見るたびに、わたしは掌を見せにきた子供のことを思い出す。あんなふうに「痛かったね」と大事に手をさすってもらうべき小さな子供が、さすってもらうどころか、虐待にあっている。親に痛い目にあわされた子供は、一体誰に「痛いの痛いのとんでいけ〜」とおまじないをしてもらうのだろう。痛い手をひとりぼっちでさすっている小さな子を思うと、いつも胸が苦しくなる。

ふたりの決め事

同居している彼とは、家事は分担である。今まで全部ひとりでやっていたことをふたりでするのだから、互いに「お得だなぁ」とお得気分を味わっている。

ただし、家事の中には、それぞれ得意じゃない分野があるものだ。例えば、わたしは洗濯物を分けて洗うのが面倒。ひとり暮らしのときは、タオルも、服も、下着も、靴下も、全部一緒に洗濯機に放り込んでいた。

しかし、彼は分類したい派のようだ。「パンツや靴下は、すごく汚れているんだから」などと、せっせと分けて、こまめに洗濯機をまわしている。「すごく汚れてる」などと言われると「わたしのはそんなに汚れてないっ」と反論したくなるものの、まぁ、彼がそうしたいのならとおまかせしている。しかも、わたしは乾いた洗濯物を取り込むのが億劫で、昔は次の洗濯をするまで干しっぱなし、なんてこともよくあった。でも今は、取り込んでくれる人がいるので、ゴワゴワになっていない服が着られて嬉しい。

部屋の掃除はわたしのほうが得意だ。彼は汚れていることにも気づかないようだ。掃除をする回数はわたしのほうが自然と多くなる。

お腹《なか》が空くと早くご飯を食べたいので、作るのはいつも共同作業だ。わたしのほうが手際が良いので「はい、これ切ってね、大根の皮はこうやってむいてね」などと指示を出して進んでいく。しかし、だんだん彼の手際も良くなってきて、今では大根の煮物とか、きんぴらごぼうなんかも、さっと作っている。切り干し大根のカレー風味の酢の物、というのも彼の得意料理のひとつだけど、これはかなり変わった味です……。

ふたりで決めていることがある。やってもらったことには、かならずお礼を言おう。「洗濯してくれてありがとう」「ゴミ捨ててきてくれてありがとう」「お茶いれてくれてありがとう」。

わざわざ言うことに、意味があるんだな。お礼を言われてから気づくのである。

歩み寄り

機械に弱いわたしは、いろんな新製品をテレビで見るたびに「近づきたくない」と思う。しかし、心の中では「そういうわけにもいかない」という葛藤《かっとう》がある。わたしはまだ37歳だ。この先、どんどん若い人と仕事をする機会も増えるだろう。その時に、機械に弱いのでわかりません、できません、ばかり言っていたら仕事に差し障るのではないか？

実際に、デジタルカメラを使っての仕事も増えている。わたしがデジカメで撮影してきた写真を、わたし自身がパソコンに取り込み、原稿と一緒にメールで転送する。こんなことがわたしにできるはずないと思っていたが、「できない」と言っていたら仕事にならないわけで、説明書を読みながら試行錯誤してなんとかできるようになった。この時代に生きて仕事をするということは、こういうことも背負わなければならないんだなぁとも思う。

そんなわけで、またもや今の時代についていこうと、新しい携帯電話に変えてみることにした。音楽も聴け、テレビも見られる最新の機種だ。「2時間のサスペンスドラマも見られますよ～」。携帯屋さんの若い女性がわたしに言っていたが、誰が携帯で2時間もドラマ見るかいっ！

でも、まぁ、災害のときとかはテレビ機能も役にたつかもしれないと、2万円くらいする最新のを買って帰ったわたし。

ああ、面倒だ。細かい文字でぎっちりと書かれている説明書を開くと、うんざりしてくる。携帯電話の画面では、ニュースや天気予報まで知らせてくれるらしいが、そんなものは朝に新聞を見ればわかるし必要ないんだけど、これも今後、若者たちと仕事をする上での訓練だと思い、イヤイヤながら新しい携帯をいじくっているのである。

お正月

お正月は実家の大阪に帰るものの、元旦の親戚の集まりには長年欠席していた。結婚していないわたしには、なんとなく居場所がないし、行けばお年玉の出費があるからだ。ちなみにうちの親戚のお年玉の相場は、小学生が５０００円、中学生以上は１万円。わたし自身がもらいつづけてきたのでよくわかっている。

今年も、わたしは出席しないつもりでいたのだが、ふと、行ってみる気になった。わたしの両親が老いてきたように、親戚のおじさん、おばさんたちも老いてきている。子供の頃から可愛がってくれた人たちの顔を、久しぶりに見たくなったのだ。

元旦。総勢13～14名が、コタツを三つ合体させたテーブルに集まっての昼食会。懐かしい光景だ。一時期は全員が大人になったものの、従姉妹に子供ができると、またいろんな年齢の人間が集まって賑やかである。

小学生ふたりに5000円ずつお年玉をあげた。高校生だと思っていたあとのふたりが大学生だったことに驚いたが、「学生」はお年玉がもらえるシステムになっているようなので1万円ずつあげた。合計3万円だ。

親戚の若者たちはゲームに夢中だったので、

「へ〜、そういうのが、今、流行ってんの？」

などと、媚《こ》びを売りつつ、わたしも参加させてもらった。彼らが夢中になっているのは、最新のゲームらしい。腕に機械を装着し、わたしが動けばテレビ画面のわたしの「分身」も同じように動く。大学生の男の子とボクシング対決をしたのだが、実際にボクシングの打ち合いみたいな動きをして戦うので汗だくになって遊んだ。なかなか楽しいひとときだった！　ただし、遊んでいる間中も「あの3万円でナニが買えただろう？」としつこく考えている自分に呆れていたのですが……。

本当にお腹を空かせたこともなく

新春の行事

今年も浅草の新春歌舞伎を見に行ってきた。中村獅童など若手ばかりで行われるちょっと特別な舞台である。毎年、いい席のチケットをとってくれる友人がいて、今年は女6人で観劇してきた。

舞台の幕が開いたら、まずは役者さんたちを見る。衣裳も豪華だ。役者さんが、自分の着物を太ももまでまくしあげるシーンのときには、一層じろじろ見てしまうわたしだが、ふと客席を見回せば、太ももを双眼鏡で見ている女性たちもいたりして、どこをどう見ようと自由なのだなと安心する。

舞台の背景の絵も見る。松の絵ってこんなふうに描けばいいのか〜、などと感心せずにはいられない。

それから、三味線や唄の人のことも忘れずに見る。毎日どれくらい練習しているんだろう？　お給料っていくらくらいかな。こんなふうにいろんなことを考えていたら、どんどん話が進んでいて、肝心なところがよくわからなくなっていることもあるのだが、そういうのもひっくるめて楽しんでいる。

それにしても、歌舞伎はもう10回以上見たことがあるのだが、わたしはいつまでたっても、役者さんの顔と名前が一致せず、演目も覚えられない。お芝居の中盤のほうになってきて、ようやく「あ、この話、前も見たことある！」と思うこともたびたび。

観劇が終わったあと、友人たちとお茶を飲んでいると「だれそれはお父さんにどんどん似てきた」「だれそれは去年より良くなった」などと、友人たちは歌舞伎の話で盛り上がっている。カッコいい！　いつか、わたしもこんな話題に参加できるのだろうか？　そんなことを思いつつも、パンフレット一冊買わず、目の前のケーキに夢中になっているわたしなのである。

使用前使用後

本屋に寄ったら、店頭でＤＶＤビデオが流れていた。自分の顔が10歳若返る、というマッサージの方法が細かく説明してあるＤＶＤだ。しばらく見ていたら、だんだん欲しくなってきた。マッサージを受けたあとのモデルさんの顔が、ものすごくすっきりとしていたからだ。

そのＤＶＤと本がセットになったものが、すぐ横のワゴンで販売されていた。２０００円だ。ちょっと高い。でも欲しい。欲しいが、これをレジに持っていくのはかなり恥ずかしい。そーっとレジを見ると、店員さんは若い男性である。どうしよう。しばらく迷ったものの、顔が10歳若返る誘惑は大きく、思いきって買うことにした。店員さんは、わたしの顔など見ることもなかったのでホッとする。

家に帰り、さっそくＤＶＤを見ながらマッサージタイムだ。そうだ、マッサージ前と後とではどれくらい変化があるのか、写真を撮って見比べてみよう。同居している彼を呼びつけ、デジカメで写真を撮ってもらう。

いよいよ、マッサージ。痛気持ちいいくらいの強さで行うらしい。指示どおりに最後までマッサージを終え、再び彼を呼んで写真撮影。10歳若返った顔になっているかな？　マッサージ前の写真と見比べてみると、心なしかアゴのラインや、目の下のむくみがすっきりしているような気がする。だけど、変わっていないといえば変わっていない。わからない。わからないけれど、「きれいになるために、マッサージをしたぞ」と思うと、妙な安心感がでていた。

すぐに飽きるのはわかっているが、なんとかしばらくつづけてみよう！　わたしの38歳の誕生日の、小さな小さな誓いなのだった。

絶対に許さない

嫌な人というのは、最初から嫌な人じゃない場合がクセものなのである。そのギャップに、人は傷つくのではないか。

わたしも過去に、何度かそういうことがあった。調子のいいことばかり言っていたくせに、お金を払ってくれない仕事の人もいたし、ファンだ、ファンだと言いながら、わたしの足を引っぱろうとする人もいた。親切なふりで近づいてきて、いつまでも恩着せがましく言う人もいた。

こういうことがあるたびに、わたしは苦しくて、何日も思い悩んだものだった。

どうして、こんな目にあわなければならないんだろう？

優しそうな人だと思っていたのに、どうして？

最初から嫌な人だったら無視していたのに、あるとき、ふと本性を現すものだから、すっかり驚いて、深く傷ついてしまう。

わたしは、自分自身の中に嫌いな人間がいることのほうが許せなかったから、「誰にだって少しは良いところがあるんだ」と、たとえ嫌いな人であっても、心の中でいつも弁護していた。そして、それこそが、もっとも息苦しい原因になっていたのだ。

だけど、あるときから、嫌いなら嫌いでいい。嫌いだと思うことくらい、いいじゃーん。そんなふうに考えるようにしようと決めたのだ。

わたしは、今までに会った嫌な人たちのことを、この先も、ずーっと、絶対に許さないぞ、と思う。大嫌いだ。これが素晴らしい考え方だとは言わない。だけど、自分自身が、わざわざ嫌な人のために、いつまでも傷つくこともないんだ。こういう強さも、わたしには必要なんだと、今は思っているのである。

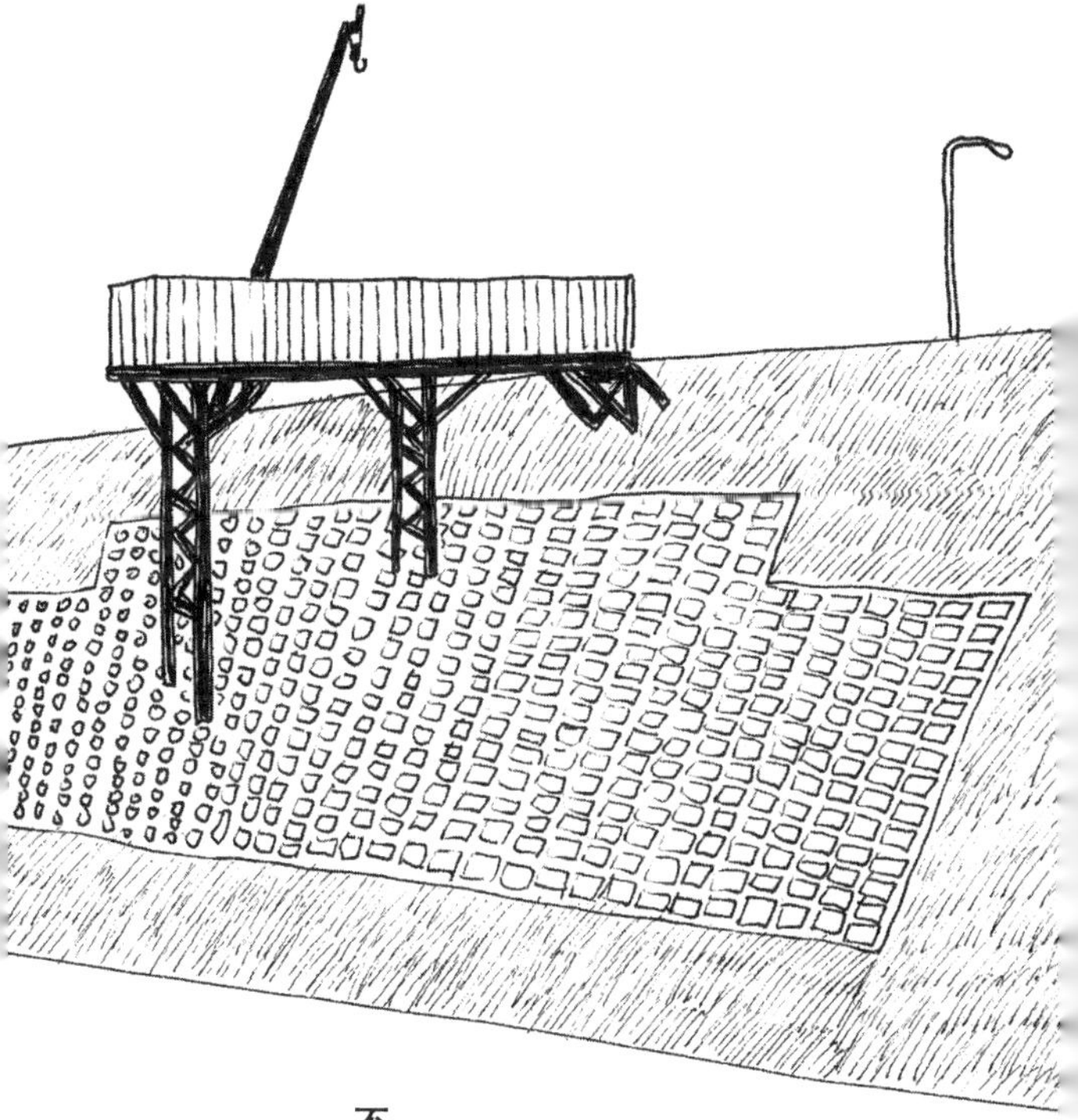

不可能は
ないとか言われても困る

上京十年　川柳

ミス・コミュニケーション

メールは便利だなと思う。好きな時間に読めるし、返事ができる。わたしは友達と長電話をするのが苦手なので、メールという手段が出てきて本当に助かっている。電話も、時候の挨拶と用件だけ言ってさっさと切れるんだったらいいのだが、どうしても「最近どうしてる？」などと、多少なりとも喋らないといけないから面倒くさかったのだ。

だけど面白いことに、メールをするようになってからのほうが、実際に友達と会って喋る機会が増えたと思う。

わざわざ電話で「今度ご飯食べに行こう」と誘うのはおっくうだったけれど、メールなら気楽だ。それに、メールだとすぐに「いつ」って決めなくても、カレンダーを見てゆっくり考えられるし、行きたくないときには、やんわりと理由をつけて断りやすい。

メールの難点は、互いの意見を言い合うようなときだと思う。わたしはこう思った、でもわたしはこう思う、違う違う、わたしが言いたかったのはこういうことだ、でもさっきの意味はこういう意味でしょう？

メールでやりあってもキリがなく、逆にどんどん深みにはまっていく、という経験が少なからずある。

文章は怖い。声の調子がまったく伝わらないから、相手が怒っているのか、そんなに意味もなく書いているのかがつかみにくいものだ。特にわたしは、深読みしたり、想像を大きくする質《たち》なので、「なんなんだよ、この文章は!!」などと、ひとりカンカンに怒ってしまうことがある。

だから、大切に思っている人には、ひとつのことに対して何度もメールで返信しあわないようにしようと心掛けているのである。

バーゲン

知り合いから結婚パーティの招待状が届いた。

さて、何を着ていこう？　わくわくする瞬間である。

そういえば、母から誕生日のお祝いとして2万円の商品券が送られてきたばかり。

よし、デパートにちらっと洋服を見に行くか！

平日昼間。心弾ませてデパートに出かけて行ったわたしだが、中に入ってみればデパート内は改装中だった。しかし、ラッキーなことに、エレベーターで婦人服売り場まで上がってみると、小さいスペースだったがセール会場になっていた。嬉しくなってあれこれ見ていたら、去年、わたしが定価で買ったスカートが大量にセールになっていたのを発見しガッカリ……。

すると、背後から「こんにちは」と声をかけられた。なんと、わたしに定価でそのスカートを売った真犯人、いや、販売員さんではないか。彼女は仕事ができる人なので、わたしが過去にそのスカートを買ったことを覚えているに違いない。気まずくならないよう、わたしから先に「このスカート、セールになっちゃいましたね〜」と笑顔で言ったところ、申し訳なさそうに微笑んでいた。

パーティの服を探していると言ったら、一緒にセール会場をまわって手伝うという。他のブランドのお店の服も一緒に見てくれ、「これ、お似合いになりそうですよ」などとあれこれアドバイス。なんていい人なのだ。そして、いろんなブランドの服を何着か試着し、最終的にスカートがふわっとふくらんだ黒いワンピースを一着買った。2万8000円だ。かわいい服がセールで買えてよかったが、よくよく考えると、結局、自分の店の服をちゃっかり買わせていたあの販売員さん。すごいな〜。感心してデパートを後にしたわたしなのである。

等身大

自分を大きく見せようとすると、どうしても後で苦しくなる。

かといって、しないほうがいいのかというと、わたしにはわからない。

わたしは、自分にどれくらいの才能があるのか、もちろんわからない。だけど、わたしの未来には、キラキラした可能性があるんですよ〜、とアピールすることはしょっちゅうだ。

まだまだ書きたいことに満ちあふれていて、今はこんなマンガを構想中で、こんなことにも、あんなことにも興味があって、ゆくゆくはこういうものも書こうと思っている。やる気もあります。努力する気も満々なんです！

こんなふうに口に出すことで「この人には、本当に何かあるのかもしれない」と、仕事先の人に思ってもらおうとしているわたし。何枚も何枚も、大袈裟な言葉の殻をかぶって、自分を大きく見せようとしている。そして、家に帰ってから、もやもやするのだ。わたしらしくない気がするって。

今年も出版予定の自分の本が何冊かある。この連載も、文庫本になって初夏には発売される。とっても嬉しい。嬉しいけれど、来年も、再来年も、その次の年も、わたしの本を作ってくれるという人があらわれるかな？　って心配になるのだ。心配になるから、つい自分を大きく見せようとする。そして、もやもやする。なんなのだ、これは！　すごく辛気くさい感じだ。

だけど、だからといって、人前でダメって言わないようにはしたい。「わたしなんか、どうせダメです」とは言いたくない。それではあんまり、自分が気の毒だ。わざわざ小さく見せはしない。ちょうどいいくらいがいいな〜とは思うけれど。

仲良しとホームパーティ

自宅に友人を招いておもてなしをするのは楽しいものだが、ある時、「招待されていない」と気にしている人がいる、という話を小耳に挟み、びっくりした。えーっ、そこまで親しくないのに、どうして？　首をひねるばかりだったが、向こうにしてみたら、なぜ誘ってくれないの？　という気持ちでいるのだから仕方がない。ああ、面倒くさい。そんなら、もうホームパーティなんかやんない。そう思ってからは、ずいぶん長く、わたしから声をかけることはなくなっている。

パーティというのは、招待される人と、されない人をふたつに分けるもの。それがどんな小さなパーティであっても、立場がはっきりしている。まして、自宅というプライベートな場所で開催されるホームパーティとなると、どれだけ仲良しだと思われているのか、これから仲良くしたいと思ってくれているのか、などと、ついつい想像する人も多いのではないかと思う。

わたしも、そういう気持ちが、わからないでもない。

友達とおしゃべりしているときに、誰それの家で飲み会があった、などと聞くと、口に出さずとも、「えっ、なんで声かけてくれなかったわけ？」と、少しつまらなくなる。どちらかといえば、欠席したいような会であっても……。

自宅のパーティに限らず、お芝居の観劇、ライブ、合コン、旅行、結婚式などなど。子供から大人まで、声がかかっていないことで、人間関係に深い影を落としかねないイベントは盛り沢山だ。

人は、傷つこうと思えば、いくらだって傷つくことができる。そういう毎日をよっこらしょと乗り越えつつ、こうして暮らしている自分に、わたしはときどき「ごくろうさまです」と思うのである。

宅配便用紙の父の字じっと見る

上京十年　川柳

ロースとカルビ

お仕事の人が、打ち合わせをかねて焼肉をごちそうしてくれるという。わたしは、あんまり外で焼肉を食べたことがないので、ちょっと緊張する。いや、家族では何度も焼肉屋さんに行ったことはあるのだ。しかし、焼肉の家族ルールと、世間ルールが一緒とは限らない。まして、焼肉というのは、いろいろと焼き方があるようではないか。よく雑誌の「モテない人」特集などには、「焼肉を網の上にいっぱい並べて焼く人って嫌だよね～」と書かれていることがある。うちの家族の焼肉は、まさしく、これ。ぎっしりと網の上に肉が並べられている状態が普通で、こげないように、家族全員でお肉をいじり倒すのである。

一体、正解とはどういう焼き方なのだろう？　一枚一枚焼くの？　わからない。お仕事の人の前で、常識外れな行動をするのは嫌だなぁ。おまけにわたしは好き嫌いがあるので、ロースとカルビしか食べられないし……。

というわけで、事前に報告しておくことにした。焼肉は食べたいですが、食べ慣れていません。ロースとカルビしか食べられません。こんな人間と一緒でよろしいですか？　すると「ＯＫです」と了解された。もう安心！

さて、焼肉当日。入ったお店の雰囲気は、ごくごく普通の焼肉屋さんだった。なのに、メニューを見てびっくり。盛り合わせみたいなのが、一人前1万2000円くらいする。高い！　しかも、お店の人がつきっきりでお肉を焼いてくれたのだ（一枚ずつ）。こんな焼肉も世の中にはあるんだなぁ。すごく美味しかったけれど、父や母は、こんな焼肉を食べたことがないんだろうなと思うと、なんだか申し訳ない気持ちになったのである。

シンプルデザイン

わたしは買い物が下手だと思う。シンプルで長く使えそうな黒いカバンが欲しいな、と思ってデパートに行っても、いろいろ見ているうちに、全然シンプルじゃない、しかも茶色のカバンを買ってしまったりする。そして家に帰ってから、なんでこんなカバンにしちゃったんだろう?! と呆れてしまうのだ。

シンプルなものを買うとき、わたしの中で「惜しい」気持ちがむくむくと表れる。せっかくお金を出すのに、デザインに工夫がされていないものを選ぶなんて、すごく惜しい。どうせなら、ここにポケットがついていて、このへんにひらひらしたのがついているほうがお得じゃないか。さらに、シンプルなものだったら、安い大量生産のお店で買えばいいし、と開き直る始末……。

だから、シンプルなデザインで、ちょっと値の張るものを身につけている人を見ると、感心してしまうのだ。

さて、今、ひとつ買おうか悩んでいる靴がある。なんのへんてつもない、黒い革靴だ。どこにでもあるような極めてシンプルなデザインなのだが、試しにお店で履いてみると、履き心地もよく、使っている革もやわらかい。値段を見たら3万6000円だ。どうしよう。リボンも、ひらひらも、ボタンもついていないし、おまけに色は真っ黒け。こんなのに3万6000円も出すのは、ものすごーく勇気がいる。そういえば、自分の足の型にあわせて買った4万円の靴だって、結局、痛くて履いていないではないか。もうこれ以上、わたしは靴に贅沢をしてはいけないような気もする。でも、だからこそ、シンプルで長もちの靴を買うのがよいのか？　靴売り場をうろうろしつつ、決めかねている春である。

マンボウの顔

わたしは食べ物の好き嫌いが多い。などと発表すると、わがままな印象を与えかねないので、なるべく人前では「ない」ように装っている。

わたしの場合、食べられない原因は、味が問題ではないのである。

たとえば、豚・鶏・牛は、肉の部位によっては食べられないけれど、まぁ、食べられる。昔から食べ慣れているお肉なのでホッとするから。でも、羊とか猪とか馬とか鴨とかスッポンなどという、馴染みのないタイプは苦手。それから、変わったスタイルの魚もダメ。フグとかトビウオとか穴子とかシャコとかドジョウとか。姿カタチを思い浮かべると、わたしはどんどん暗い気持ちになってしまう。そんなの給食にも出たことないんだもの！（ちなみに、野菜はだいたい平気）。

そういえば、昔、お店で友達と刺身の盛り合わせを食べていたところ、その中にマンボウの刺身というのがあった。わたしは思う。マンボウって、あの顔面だけで泳いでるような魚だよね?! 怖いっ、背筋も氷《こお》る思いだ。

しかし、人とご飯を共にしているときに好き嫌いばかり言っては、場の空気が悪くなる。だから、わたしは食べるのだ。

「おいしいね〜マンボウ！」

そう言いつつ、マンボウの顔のことは考えないよう努力して飲み込む。

ジンギスカンを食べたことがあるけれど、その時も、羊の顔や「メ〜」という鳴き声（これってヤギだっけ？）を思い出さないよう努力した。大人なんだから、ちょっとは頑張っているのである。

わたしが誰かと食事をするとき、正直に「それ食べられないんです」と言える場合は、かなり心を許している、ということになるのです。

美味しいもの大事な人を
思い出す

上京十年　川柳

ああ、失格……。

同世代の友達、男女6人でカラオケに行った。みな気心知れた仲である。

「縛りカラオケ」をしよう！

ということになった。別にロープで縛って歌ったりはしない。選曲にひとつのルールを決めるのだ。

最初の縛りは「ここにいる人が知らなくて、自分だけが知っていると思う曲」だ。ヒット曲などではなく、たとえば、自分が好きな歌手のアルバムの中に入っている曲なんかを選んで歌う。もしくは、すごく昔の曲とか。他の人が、ひとりでも知っていたら失格だ。

さて、わたしは何を歌おう？　普通、友達とカラオケ屋さんに行って、誰も知らないような曲を歌うと場がシラけるので避けるもの。なのに今回は、あえて知らない曲を歌うのだ。悩んだ結果、中学時代によく聞いていた松田聖子ちゃんの「赤い靴のバレリーナ」というのを歌うことにした。いつもより前髪を1ミリ切り過ぎた女の子が、そのせいで彼に会うのが恥ずかしい、なんていうかわいらしい曲だ。アルバムの中の一曲だし、恐らく誰も知らないだろう。わたしが歌いはじめると、男子は全員「知らなーい！」と叫んだが、女子は「知ってる～！」。ああ、失格……。他のみんなも、苦心して曲を探して歌っていた。すぐに解散したバンドの曲とか、わたしたちが生まれる前の曲とか（なんで知ってんだろ？）。今まで人前で歌うことがなかった曲を堂々と歌うのは、わたしもだけど、みんなもなんだか嬉しそうだった。

縛りカラオケはその後もつづいた。「合コンで歌う勝負曲」とか「はじめて自分で買ったレコードの曲」などなど。仲良しの友の、知らない一面を垣間見た、そんな縛りカラオケの夜なのであった。

小学校の先生

小学校1年から高校3年まで、担任だったすべての先生の名前を覚えている。間違えているかもしれないけれど、言ってみたら言えた。

それにしても、この中で、わたしの名前を覚えている先生は、ひとりでもいるだろうか？　おそらく、いない気がする。わたしは、とりたてて目立つところもなかったから。こっちが20年、30年も忘れずに覚えているのに、向こうはすっかり忘れている。面白いものだなぁと思う。自分が忘れている教え子たちから、ずーっと覚えられているのことに対して、先生という職業の人は、どんな気持ちがするのだろう？

大人になってから、気づくことがある。あの先生はがんばり過ぎてたなとか、あの先生は変だったとか、あの先生は考えが古かったとか、あの先生は本当に心の広い人だったなとか。当時の先生たちの年齢に自分が近づいていくたび、あの人とだったら友達になりたい、なりたくない、などと思ったりもする。

何十年もの月日をかけて、大人になった当時の教え子たちから冷静な目で改めて評価される。先生っていう職業には、こういうこともセットになっているのだろう。

小学校の卒業文集に、わたしは将来の夢として「小学校の先生」と書いた。

そのときの担任の先生に「立派な夢だね」と言われて、わたしは喜んでいたけれど、もしかしたら、先生はムッとしていたのかも。わたしは「小学校の先生」と書くだけでなく、わざわざ「子供の気持ちがわかる小学校の先生」って書いたから……。ただ素直な気持ちで書いたのだけれど、先生にしてみたら、こいつイヤミか？　と思った可能性は、ある。

毒出し

足裏デトックスに行こう。友達に誘われて出かける。

それにしても、足裏デトックスってなにすんの？　なんでも、カラダの中にたまった毒素が取れるらしいが、真相はわからぬまま、待ち合わせ場所に向かうわたし。ビルの一室。受け付けを済ませ、早速「足裏デトックス」である。友達と並んでイスに腰掛け、お湯をはった大きな洗面器の中にひとりずつ足をつける。お湯の中にコードのついた機械をつけてスイッチを入れると、お湯がまわり始めた。量は増えていかないので、どうやらお湯が出てきているわけじゃないみたい。説明を聞いても忘れたけれど、マイナスイオンが出るとか出ないとか。

このお湯に30分くらい足をつけていると、足の裏からカラダの中の汚いものがどんどん出てくるのだと言われた。そして、毒が出れば出るだけお湯の色が濁ってくるそうな。5分くらい経過すると、隣にいる友達のお湯がちょっとずつ濁ってきた。わっ、なんか汚いよ！　友達のことを笑っていたら、みるみるうちにわたしの洗面器のお湯も茶色くなってきた。ヤダ〜、なんか恥ずかしいから見ないで〜、などとふたりで大騒ぎしつつ待つこと30分。最初は透明だったお湯が、ふたりともびっくりするくらいドス黒い色になってしまった。一体、わたしたちの足の裏からどんな毒素が出てきたのだろう？　わからない。でも、汚いものが出たと言われると良かったような気もする。その後、足裏マッサージをしてもらい、お値段、しめて２９８０円。高いのか安いのかよくわからない。

でも面白かった。毒も取れたらしいしケーキでも食べようか。友とふたりで喫茶店に直行する夕暮れであった。

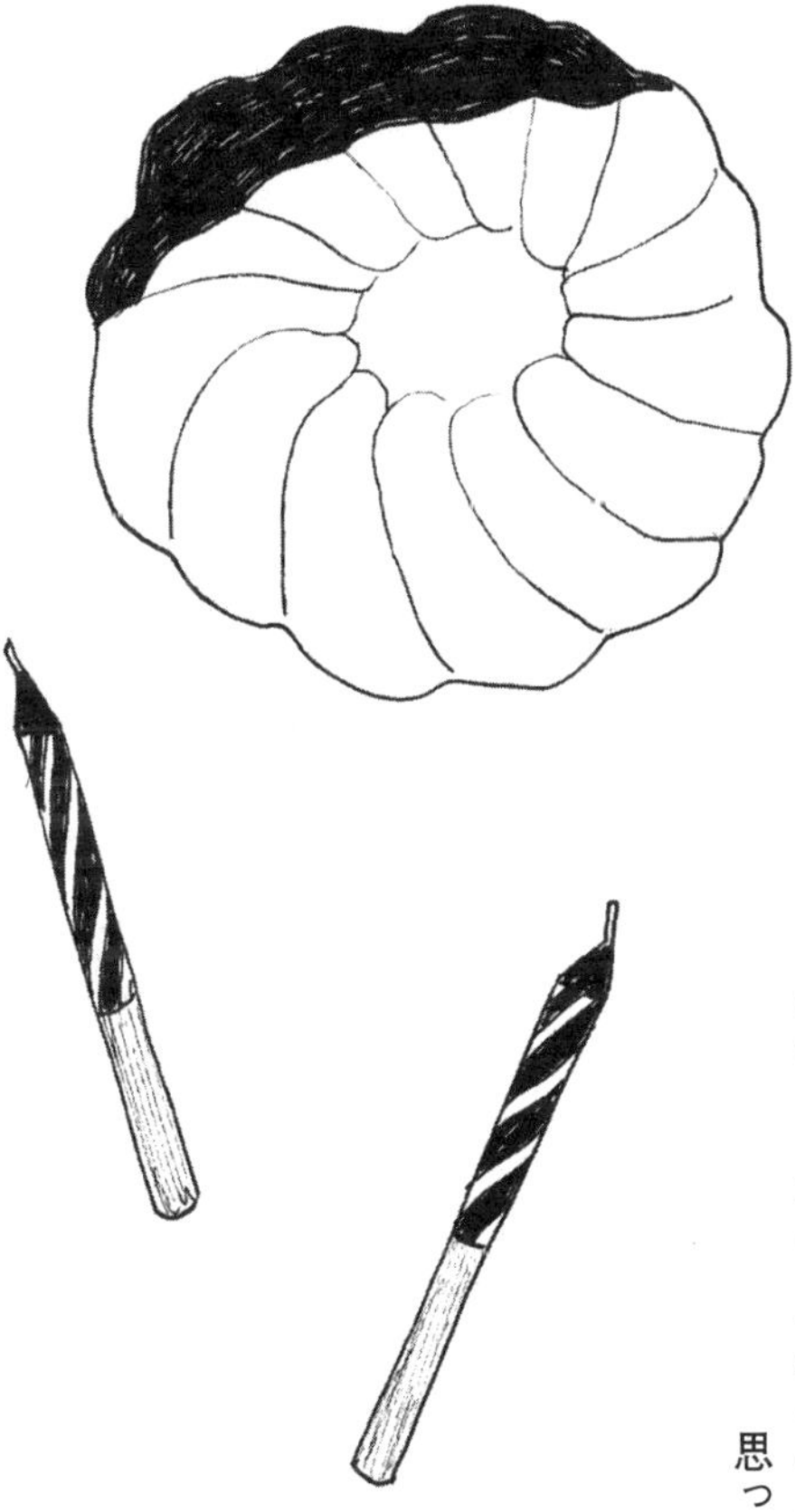

いいことがある一年なんだと
思ってみた

あとがき

　上京後、半年間ほどたってから、ようやくヤル気を出したわたし。「イラストの仕事を取ってこなければ！」。そう思って、いろんなところに自分の作品を売り込んだのだが、あの頃のわたしは、ひどく見当違いなことばかりしていた。

　一番トンチンカンだったのは、家の近所のコーヒーショップにイラストを持って行ったことだろう。全国展開しているチェーン店。そこのカウンターで店長さんを呼んでもらい、「メニューのイラストを描かせてください」と、お願いしたのだ。チェーン店というのは、店のイメージを統一させているものであり、一店舗だけまったく違うメニューを作るわけがない。当たり前の話である。だけどわたしは、そういうことにちっとも気づかず「どうぞ、よろしくお願いします」などと言って、自分で作ってきたイラストのファイルを渡して、颯爽と帰ってきたのである。店の人たちは、なんだ、あいつ？　と呆れていたに違いない。もちろん、その店から連絡がくることがなかったのは言うまでもない。

そうかと思えば、最新の若者ファッション雑誌にノコノコと売り込みに行ったこともある。ファッションにくわしくない上に、自分のイラストがオシャレな感じではないこともわかっていたのだが、とにかく売り込んでみようと編集部に行ったわたし。親切に応対されたものの、「なんで、また、うちに？」という不思議な顔をされていたっけ……。他にもいろいろあるけれど、思い出すだけで、本当に恥ずかしい。

どうしていいのか、わからなかった。ヒントをくれる人もいない。わたしは、自分の変テコなアイデアを駆使して、あっちへ行ったり、こっちへ行ったり。そして、たくさんの人に出会ったのである。

26歳で上京し、こうしてエッセイを書いている現在まで、いろんなことがあったなあと思う。でも、田舎に帰ろうと考えたことは一度もなかった。この先の白分に興味がある。東京で生きるわたしを、わたしはもっと見てみたいと思うのだ。

この本は、中日新聞で今もつづいている「明日のことはわかりま川柳」という連載をまとめたものです。日々感じたことを自由に書いていいと言われた、そういう意味では、わたし自身に一番近いエッセイ集だと思います。

２００７年　４月

益田ミリ

本書は文庫オリジナルです。
初出　中日新聞「明日のことはわかりま川柳」
（２００５年２月〜２００７年５月掲載分から抜粋）

幻冬舎文庫

●最新刊

おどろき箱1

阿刀田 高

役に立たない、だけどあったらちょっと嬉しい。ある日、少年が手に入れた箱から出てくる奇妙な物が巻き起こす、おかしなおかしな出来事。短編小説の名手が贈るファンタジック・ストーリー。

●最新刊

行かずに死ねるか!

世界9万5000km自転車ひとり旅

石田ゆうすけ

「運命なんて変えてやる!」そう決意してこぎだした自転車世界一周の道。恋愛、友情、そして事件……。世界中の「人のやさしさ」にふれた七年半の記憶を綴った、笑えて泣ける紀行エッセイ。

●最新刊

温室栽愛

狗飼恭子

大村佐知、26歳。友達なし、彼氏なし、手に職もなし。現在、実家の喫茶オオムラでアルバイト中。ある日、大学時代の知り合いの桜子がやってきて、かつての彼氏たちを次々と呼び出すのだった。

●最新刊

なめないでね、わたしのこと

内館牧子

あの「男の涙」に心揺さぶられ、13歳の性体験に驚愕し、愛するが故に横綱へ愛のムチを送る。人気脚本家として横綱審議委員として日々の喜怒哀楽を包み隠さずユーモラスに描く痛快エッセイ。

●最新刊

R.I.P.

桜井亜美

六本木のクラブで爆破事件に遭遇した、音響分析官の天海刹那。そこで出会った孤独な青年・キズナに強く惹かれるが、彼は突然姿を消してしまう。破壊と再生の中で綴られる、確かな愛の軌跡。

上京十年《じょうきょうじゅうねん》

益《ます》田《だ》ミリ

平成19年6月10日　初版発行
令和3年10月25日　8版発行

発行人——石原正康
編集人——菊地朱雅子
発行所——株式会社幻冬舎
〒151-0051東京都渋谷区千駄ヶ谷4-9-7
電話　03(5411)6222(営業)
03(5411)6211(編集)
振替00120-8-767643
印刷・製本—図書印刷株式会社
装丁者——高橋雅之

幻冬舎文庫

ISBN978-4-344-40970-5　C0195　ま-10-1

幻冬舎ホームページアドレス　https://www.gentosha.co.jp/
この本に関するご意見・ご感想をメールでお寄せいただく場合は、
comment@gentosha.co.jpまで。